CENT VOYAGES

DU MÊME AUTEUR

Entendu ce matin, Caractères, 2014
Azadi, Belfond, 2015, rééd. 2019
La Trêve, Belfond, 2016
Le Principe du désir, Belfond, 2017
L'Émir, Belfond, 2018

SAÏDEH PAKRAVAN

CENT VOYAGES

roman

POINTILLÉS Belfond

Belfond | un département **place des éditeurs**

place
des
éditeurs

*Pour toi, Mamy**,*
qui m'as appris très tôt que l'écriture nous sauve

* Emineh Pakravan (1890-1958), écrivain francophone, Prix Rivarol.

HENRI

1

C'est ici, à Paris, que cette enfant est née. C'est ici qu'elle mourra. Entre les deux, entre le début et la fin, un long voyage ou plusieurs. Dix, vingt, davantage, peut-être même cent.

Le souvenir d'un de ces voyages me revient. Je suis encore bien jeune – vingt ans et des poussières (un âge que je donnerais cher pour retrouver intact dans un coin noué de mon mouchoir). Mon grand-père maternel, qui habitait Paris, vient d'y mourir et ma mère a besoin de moi pour franchir les étapes inévitables du deuil : retrouvailles avec parents et amis, dont certains perdus de vue et plus ou moins oubliés, enterrement et cérémonies diverses, tri des biens, des affaires, depuis les babioles jusqu'aux livres, papiers, photos et comptes en banque, enfin partage et distribution, avec les mots acerbes et les déballages associés. Bref, le chemin à suivre afin que rien n'encombre la montée au ciel d'un corps de lumière, un de plus.

Ce voyage à Paris est pour moi un grand événement. Je vivais à Téhéran, où ma mère, encore elle, tentant, je le pense maintenant avec le recul, de se rapprocher de mon père, iranien, m'avait envoyée le retrouver une fois mon bac en poche, peu après mes dix-huit ans. Ce voyage représentait pour moi l'aventure suprême et la possibilité de raccommoder un cœur mis à mal par un premier amour qui s'était terminé en queue de poisson.

Mon séjour dura trois ans, le temps de prendre quelques habitudes grâce auxquelles je n'étais plus tout à fait une étrangère, d'apprendre suffisamment la langue pour me débrouiller, et surtout de sillonner le pays avec mon père, qui aimait l'Iran avec passion. Il me fit découvrir les austères chaînes de montagnes aux couleurs changeantes, les grands déserts du centre du pays, les villages de maisons basses et de tendres vergers jaillis d'un sol dur et uniformément beige, les villes avec leurs mosquées aux dômes turquoise. Partout, le poids de l'histoire, l'émouvante musique traditionnelle, la stupidité du régime théocratique.

Je m'étais habituée à Téhéran. Cette vilaine capitale aux autoroutes et aux ponts innombrables encombrés jour et nuit par une circulation effarante offrait des plaisirs inattendus, beaucoup de bons restaurants, de soirées effrénées chez les uns et les autres, de réunions familiales bruyantes, de centres commerciaux remplis de produits étrangers, aux chalands nombreux et avides de consommer. Je ne me sentais cependant pas d'affinités avec les Iraniens, pas d'appartenance à leur culture. Je les trouvais indiscrets, souvent superficiels et trop soucieux de leur paraître, même s'ils étaient également vifs, chaleureux, hospitaliers et s'ils aimaient s'amuser. Je les oubliai sitôt rentrée à Paris, dont je m'étais crue détachée et dont je me retrouvais plus éprise que jamais. Je m'y suis toujours (et c'est encore le cas aujourd'hui) sentie plus chez moi que partout ailleurs. Je rectifie : Paris est le *seul* endroit au monde où je me sente chez moi. J'y redeviens, sinon entière, ce qui serait trop demander, en tout cas moins fragmentée.

À l'aéroport de Téhéran, au moment du départ, j'aperçois parmi les voyageurs un visage qui ne m'est pas inconnu, peut-être un camarade de lycée qui était dans une classe supérieure, un garçon jamais très proche et perdu de vue depuis. Nous échangeons deux ou trois phrases. Je ne le revois plus jusqu'à l'arrivée à Roissy, où l'attend une jeune femme aussi longiligne que lui, habillée simplement et qui se glisse, comme un bateau rentrant au port, dans les bras qu'il lui ouvre.

Pour moi, c'est un crève-cœur. Je suis envahie par un sentiment d'échec, un sentiment d'autant plus fort qu'il est totalement inexplicable. J'essaie d'en comprendre les causes et en découvre plusieurs, sans doute bien éloignées de la réalité profonde de cette amertume que même maintenant, avec le recul, je n'arrive pas à analyser. Mon raisonnement de l'époque, sans doute bancal, est qu'en fin de compte l'Iran n'est que l'Iran. Une fois mis de côté les légendes, les mythes, l'histoire plurimillénaire et les controverses engendrées par le délirant régime islamique, la vérité est que la vie se déroule ailleurs. Ici, par exemple, à Paris. Moi comme d'autres habitants de l'Iran ou de pays semblables nous imaginons réels alors que nous ne sommes que de pâles copies d'êtres vivants, des imitations. À moins que cette interprétation soit non seulement prétentieuse mais fausse, fondée sur le principe que le seul endroit réel est celui où nous nous trouvons. Quand j'habitais en

Iran, Paris n'était plus qu'un nom, magique, certes, mais sans épaisseur. Quand j'y ai repris ma vie, le reste du monde s'est effacé à son tour.

Là, mon camarade enlaçant sa petite amie (peut-être sa femme, d'ailleurs) sort du rêve et du chimérique pour entrer dans un monde solide où il y a des règles, où les choses fonctionnent. Il est de retour dans un pays occidental – et quel pays : la France ! – qui, tel un être humain complet, possède à la fois le corps, le cœur, l'âme et l'esprit, alors que l'Iran actuel, comme bien d'autres pays otages de l'absurdité, n'est plus animé que du souffle de vie qui fait tressauter le mouton égorgé, pour l'instant en tout cas.

Les retrouvailles de ce couple sont pour moi un symbole de tout ce que je n'aurai jamais et ne serai jamais. Je suis trop jeune encore pour qu'un homme occupe une grande place dans ma vie (absence qui se prolongera au cours des décennies suivantes, ma faute ou la leur, qui sait ?), même si je me suis déjà persuadée, de temps à autre, que j'étais amoureuse, condition dont j'ai parfois éprouvé les symptômes cliniques les plus extrêmes. Mais à cet instant, je sais sans le moindre doute que je n'ai jamais connu ce que ce couple partage visiblement. De même que, durant les trois années où je n'ai pas vécu en France, j'ai pu, en restant informée des sorties de films ou des pièces à succès, en trouvant dans les luxueux centres commerciaux de Téhéran des produits de maquillage ou des tenues vestimentaires semblables à celles que je découvre dans des magazines de mode, en demandant à des amis de me rapporter de Paris des romans de Bernard Werber ou de Houellebecq, imaginer que je continuais à participer à une vie dont j'étais exclue.

En fait, j'ai dû être habitée par le sentiment confus que ce que nous ne voyons pas n'existe plus. Paris ne peut exister si je n'y vis pas. Autrement dit, la Terre s'arrêtera de tourner le jour où je ne serai plus. Eh non, tout continue, comme si de rien n'était, et c'est en arrivant aujourd'hui à Roissy que je mesure le caractère dérisoire, absurde de cette idée, le peu d'importance de mon existence. Je suis trop enfant pour m'en accommoder, pour admettre. Le jour où j'en prendrai conscience, ce sera, comme tout le reste, déjà dépassé.

À l'aéroport, je cherche des yeux ma mère ou Coralie, quoique préparée à l'idée que me faire venir pour les aider à gérer le décès de mon grand-père n'implique pas pour elles de me faciliter ce retour. En taxi ou en car, je ne me souviens plus, je rentre à l'appartement de l'avenue de Versailles où mon grand-père a vécu et où ma mère et ma sœur se sont installées provisoirement en attendant de régler la succession. J'ai un peu peur, cette nuit-là, j'imagine mon grand-père dans l'encadrement de la porte de ma chambre, m'observant sans trop d'aménité. À l'âge qui est le mien, je n'ai pas encore connu beaucoup de morts mais je vois les défunts ainsi, debout sur un seuil, partant ou revenant (le jeu de mots n'est pas intentionnel). Ou je les vois hésiter, jeter un dernier regard par-dessus leur épaule sur ce et ceux qu'ils sont bien obligés de quitter, leurs lèvres articulant des mots que je ne saisis pas.

2

J'ai du mal à me remettre dans la tête de cette gamine. À ce moment de ma vie, je pensais – étais-je naïve ! – que les tourments, les incandescences, durent et perdurent. Je n'avais aucune idée. Je pensais que le printemps me soûlerait régulièrement chaque année, que l'amour serait là, à cueillir, à rejeter, à pleurer, à oublier. Que les idées jailliraient toujours, d'une source absolument intarissable, que les souhaits, pour certains du moins, se réaliseraient. Et voilà. On en est loin. C'est tout juste si je jette un regard indifférent au monde qui m'entoure, trop occupée intérieurement à poursuivre des idées pas bien originales. Autrefois, c'était tout le temps que je pensais, que je suivais un fil qui pouvait me faire déboucher sur des horizons fabuleux. J'écrivais, ah, comme j'écrivais… À présent, c'est ténu, c'est à petits pas que je cherche le mot, la phrase, quelque chose qui ne sonne pas trop creux. Je veux décrire, toujours, ce qui se passe, ce qui se perd. Mais à mi-chemin, je stoppe net, je suis une autre piste et tout se brouille.

3

La petite chatte que j'ai adoptée il y a un an à peine sort sur le balcon, déjà accoutumée à ce qu'elle y trouve. Cet envol de papillons blancs butinant la lavande qui il y a peu encore la fascinait, *pffuit*, c'est de l'archiconnu, sans intérêt. Elle peut rester allongée de longs moments, un grillon agonisant à deux pas d'elle dans une dernière vibration d'élytres sans qu'elle y prête autrement attention. Tout cela, elle l'a déjà vu à maintes reprises. Elle est blasée. Son œil vert s'entrouvre à peine dans la langueur de la canicule que nous traversons. Si, pourtant, un autre chat se prélasse sur le gazon en bas, un labrador aboie furieusement au bout d'une laisse et la voilà à nouveau intéressée. Jusqu'à ce qu'elle s'habitue à cela aussi.

4

Quand j'éteins la lumière, la nuit, je reçois, telle une bande-annonce, un avant-goût des rêves à venir, dans un sommeil profond qui ne dure qu'un instant, peut-être une seconde ou deux. Des images défilent, curieusement des assemblages d'innombrables dessins, avec des boucles, des motifs chamarrés qui se répètent et emplissent toute une tapisserie à la manière d'un Fragonard ou d'un Watteau. Cela cède la place à des champs de fleurs recouvrant un paysage tout en collines et en vallons, des coquelicots, par exemple, à perte de vue, vision suivie par un gros plan sur une plate-bande de myosotis (protégée par des arceaux bas en fer forgé noir), des centaines de boules pervenche dont certaines déjà desséchées et roussies, l'ensemble recouvert à son tour par une étoffe ondoyante sous une brise de printemps dont je sens le souffle dans mes cheveux, une étoffe somptueuse dans un camaïeu de pourpre, ma couleur préférée. Je glisse le long de ces images idylliques qui se suivent à un rythme perçu comme ralenti mais en fait frénétique puisqu'il s'écoule un temps infinitésimal avant que ma respiration se bloque brutalement dans ma poitrine et que je ne remonte en suffoquant, réveillée après ce qui a dû être une perte de conscience brève mais profonde.

C'est là, après ce prologue à la fois agité et reposant où ont défilé devant mes yeux quelques-unes des innombrables images perçues au cours d'une vie entière, que ma nuit commence.

Là, il s'agit d'une tout autre série de représentations, de visages. Ils se succèdent au moment où je m'endors. Des fondus enchaînés, des traits qui en deviennent d'autres, en une succession si rapide que rien ne subsiste de celui qui m'est apparu une nanoseconde avant de se transformer en quelqu'un d'autre. Ils viennent de quelque part dans ma vie, tous ces êtres imprimés sur ma rétine et dans ma mémoire, cueillis et recomposés au hasard de ces moments où je m'apprête à sombrer dans le monde parallèle de ma nuit. Je les ai croisés, tous, dans le métro, dans des bureaux, dans des bars, dans un train m'emmenant vers une station de ski ou un avion survolant l'Atlantique. Cet homme m'a peut-être heurtée au passage, sur une place de marché encombrée, cet autre m'a vendu des marrons au coin d'une rue où la neige sale qui fond éclabousse de noir mes collants, cette femme a croisé mon regard alors que nous attendions dans nos voitures respectives que le feu passe au vert, chacune tapotant, exaspérée, sur son volant, celle-là m'a remis un formulaire, vendu un billet de cinéma, fait un brushing, ou a occupé la place avant moi dans la queue à la poste, et ainsi de suite. Tous ces visages entraperçus un bref instant ou plus – des dizaines de milliers, pour sûr, peut-être des centaines de milliers… Et combien par an, combien l'année passée ?

Alors mon esprit, avant d'entrer dans la nuit, trie cette immense masse de données, opère des choix, m'offre ce spectacle de visages défilant à toute allure. Parfois, ce slide show pétaradant se concentre sur une seule partie d'un visage, un œil par exemple, dont je perçois, dessinés d'un trait sûr, le contour, le blanc, l'iris, la pupille, la prunelle, défilant là aussi sans que je puisse en capter ou en situer un seul – un œil jeune, brillant, les cils fournis, est remplacé par un vieux, bordé de rouge, larmoyant, jauni à l'usage, puis asiatique, ou trop maquillé, ou perçant. D'autres fois, ce sera un défilé de bouches, le dessin de l'une, épanouie, entrouverte sur des dents très blanches, se fondant dans toutes les autres, les séductrices, les pincées, les fripées, les minces, les charnues. Et pendant ce temps, me laissant porter par cette profusion, perdant peu à peu pied, je bascule enfin dans le néant pour y retrouver d'autres rêves, d'autres images accumulées dans les recoins de mon esprit, des images à la fois familières et neuves que plusieurs vies n'arriveraient pas à recenser.

5

Quand j'ai rencontré Henri, il m'a semblé que ces deux parties de moi, ces deux figures en carton découpé, toujours un peu décalées l'une par rapport à l'autre, se rejoignaient, se recouvraient enfin parfaitement, que je trouvais volume et intégrité. Un peu comme quand je regagne Paris après une absence prolongée. Mais cela n'a duré qu'un temps. Au départ, oui, je complétais ses mots, il terminait ma pensée. Nous en riions, gosses soudain, comme dans ces vieux films des années soixante, les Godard, les Antonioni, nous nous enlacions sur les quais, dansions au son d'une musique de nous seuls entendue. Henri rimait avec paradis, avec plus-jamais-seule, avec j'ai-trouvé-mon-double. C'était un ravissement de découvrir que les pivoines étaient notre fleur préférée à tous deux, que nous étions d'accord pour trouver les macarons trop sucrés et les westerns simplets. Nous étirant dans le lit du dimanche matin en faisant attention aux miettes de croissant que nous n'aimions ni l'un ni l'autre retrouver entre nos draps, nous nous regardions au rythme de pendules arrêtées.

Je m'endormais, lasse d'amour, avec au coin de mes paupières fermées l'image d'un ver qui patiemment creusait son chemin dans cette pomme à peine cueillie. Je frissonnais mais m'endormais quand même pour mieux me réveiller lovée à l'intérieur de ses bras chauds comme du bon pain.

6

Ce qui aurait dû nous gêner dès le début ou même agir quasiment comme une mise en garde, à nous qui étions sensibles aux mots et nous récitions des poèmes, était le manque d'harmonie de l'association de nos prénoms, Henri et Garance. N'importe quelle combinaison aurait été plus heureuse : par exemple Maud et Victor, Julien et Natasha, même Luc et Françoise.

D'ailleurs, ce prénom, Henri, m'avait tout de suite gênée. Je ne le mentionnais pas tant c'était bête. Et puis, on ne peut pas dire à quelqu'un qu'on n'aime pas son prénom. Nous l'habitons, ce prénom, il est à nous de façon unique même si bien d'autres portent le même. Mais je n'aimais pas le sien et, en outre, il créait avec le mien une dissonance qui me heurtait. Le *en* de Henri qui répondait au *an* de Garance et le *r* qui se répétait rendaient l'ensemble mou, sans rythme et sans conviction. C'est vrai, l'harmonie des syllabes compte pour beaucoup dans ce que nous ressentons. Un son peu mélodieux affecte notre sentiment chaque fois que nous l'entendons. Bon, n'exagérons rien. Une syllabe n'est pas un mot, son manque de musicalité touche moins, son sens est inexistant. Alors que le sens des mots... Parce que si un mot ne pèse rien, il peut quand même vous tomber dessus plus lourdement qu'un lingot d'or – ou une brique selon le cas. D'ailleurs, estropié pour estropié, vaut-il mieux recevoir sur la tête une brique ou un lingot d'or ? Trêve de digression. Si je m'y réfugie, c'est peut-être pour éviter de reconnaître qu'Henri et moi ne mentionnions pas le fait que les syllabes accolées de nos deux prénoms ne sonnaient pas bien et que cela augurait mal du reste.

7

Quelle idée ont-ils eue, aussi, de me donner ce prénom, Garance ? Je le décompose et le rebâtis, moi si rarement composée et jamais bâtie. Garance, garce à mes heures, rimant avec espérance, cette espérance que je garde au long de ma démarche maïeutique dont j'ose vouloir qu'elle me mène quelque part, avec laquelle je tourne chaque coin de rue et aligne les heures de mes ans comme un chapelet de prières qu'aucun dieu n'a voulu entendre. Rance aussi, non ? Ce corps qui perd sa fraîcheur. Et encore… Ma foi, c'est tout, je n'irai pas plus loin. L'écriture me sauve du naufrage du non-accompli auquel nous nous soumettons avec plus ou moins de grâce quand il nous confronte en ces nuits sans fin.

Garance. Où donc, encore une fois, mes parents sont-ils allés chercher ce prénom ? Je ne leur aurai pas posé la question. Ils étaient indifférents à la petite histoire comme à la grande et, avec eux, à chaque « pourquoi » ne répondait qu'un « parce que », tranchant et définitif comme une hache de bourreau. J'ai donc appris, tout enfant, à garder les questions pour moi, me disant qu'un jour certaines des réponses au moins viendraient d'ailleurs. Je sais à présent qu'on les oublie, ces questions qui paraissaient brûlantes à un moment donné, qu'elles perdent de leur importance, comme tout le reste, et qu'elles finissent par disparaître. C'est sans doute finalement ça, la réponse.

8

J'ai quand même eu des réponses à d'autres questions. Elles sont venues avec Henri, en tout cas au départ, je l'ai dit. Il fit la lumière d'un coup, sans trop d'effort, jusque dans des recoins obscurs dont j'ignorais l'existence. Les portes étaient grandes ouvertes chez Henri, les projecteurs se braquaient sur le moindre pan d'ombre. Mais ne plus avoir aucun endroit où se reprendre était éreintant. Je mis un certain temps à l'admettre, à trouver Henri graduellement dépouillé de cette perfection qui le parait si bien à nos débuts. Et là, il était déjà trop tard pour nous.

9

J'ai toujours envié les enfants uniques. Je leur prêtais une liberté, une absence d'entraves et de contraintes que ne connaissent pas les enfants encombrés de frères ou de sœurs (ou des deux) et les adultes qu'ils deviennent. Pour ma part, j'ai une sœur, Coralie. On ne peut imaginer plus grand contraste entre deux personnes, on ne peut même pas parler de sœurs. Là où mon visage est simplement ovale, offrant des traits que l'on peut appeler réguliers, standard, dirais-je, le sien est tout en angles et en pointes, comme dessiné par un Brancusi en panne d'inspiration et voulant en finir avec une œuvre mal partie. Coralie est dotée de sourcils circonflexes, d'un nez aigu, d'un menton triangulaire, de pommettes saillantes, de lèvres qui dans les (rares) moments de réflexion ou de moue (fréquents) se serrent et avancent à la manière d'un bec. Pour compléter le contraste avec moi, si je suis longiligne et efflanquée, avec des seins à peine marqués sous les jerseys peu structurés dont je m'habille, Coralie, elle, plus courte que moi d'une demi-tête, s'étale en rondeurs qui un jour, fatalement, se transformeront en graisse. Là où je porte des tenues dépouillées toutes semblables, des jeans assortis de longs pulls en hiver, de tee-shirts neutres ou de chemisiers blancs en été, Coralie éclate en couleurs vives, met à ses oreilles de grands anneaux tintants et à ses doigts des bagues multiples, ornées de toumis du Pérou, de charmes en jade de Chine ou en hématite de l'Inde.

Son mode d'expression également est différent du mien. Elle est aussi prolixe que je suis chiche de mots, sa voix prend des intonations aussi chantantes que les miennes sont unies. Mes passions demeurent connues de moi seule. Si je m'embrase pour un film, un tableau ou un homme, je garde mon appréciation pour moi. Coralie s'emballe pour un oui ou pour un non, roucoule, s'exprime vivement, toutes ses phrases se terminant par un ou plusieurs points d'exclamation. Bien sûr, nos activités suivent ce modèle établi pour l'une comme pour l'autre. Là où je suis mesurée et réfléchie, en apparence du moins, et généralement mène les choses à bien, elle se jette à corps perdu dans toutes sortes de projets délaissés soudainement et d'enthousiasmes oubliés un mois plus tard. Nous tenons toutes deux de nos parents, mais elle tient sans doute plus de notre père et moi de notre mère. Je ne pense pas lui être particulièrement attachée, mais ne me pose pas la question depuis des années. Si on me la posait, je répondrais sans doute : « C'est ma sœur », sans que cela signifie grand-chose.

10

Je ne sais plus comment Henri et elle se sont rencontrés. Je suppose qu'elle a croisé notre chemin un jour que nous étions en train de faire des courses, moi avec une baguette tradition, Henri balançant au bout d'un bras le sac en plastique avec pâté, beaujolais et salade, son autre bras autour de ma taille, comme il aime me tenir quand nous marchons côte à côte, même encombrés d'emplettes. Sinon, je ne vois pas. L'aurions-nous invitée à la maison un soir ? Cela m'étonnerait. Nous ne recevions pas souvent et je ne me souviens pas avoir demandé à Coralie de venir partager un repas avec nous. À quel moment ont-ils commencé à coucher ensemble ? Comment l'ai-je appris ? Je ne sais plus. C'est si vieux, tout cela, juste avant mon voyage en Bretagne. J'étais partie trois jours près de Quimper voir un écrivain un peu ermite qui voulait me confier un manuscrit en main propre. Il habitait un presbytère en dehors d'une petite ville touristique déserte en cette morte-saison. Il me remit une centaine de pages tapées à la machine à écrire et couvertes de ratures. Dès les premières lignes, je compris qu'il n'y aurait rien là-dedans et que l'éditeur qui m'avait envoyée voir l'écrivain au style autrefois brillant et nerveux, aux images fracassantes et aux histoires complexes qui avaient mis en émoi le jury chez Drouant en serait pour ses frais. Au retour, à la minute où je retrouvai Henri, je savais qu'il m'avait trompée. Quelques jours après, un événement fortuit, un numéro sur un portable peut-être, ou un email oublié sur l'ordinateur, m'apprenait avec qui.

11

Durant ce voyage en Bretagne, à l'aller aussi bien qu'au retour, j'approfondis une idée qui me taraude depuis quelque temps, moi qui prends toujours de grandes résolutions pour devenir plus solide et mieux vivre ma vie. Cette idée, somme toute peu originale et qui doit venir souvent aux individus comme moi habités surtout d'un sentiment d'inutilité, était celle de moins prêter attention à ce que les autres pensent de moi. Il faut que je récuse cette vision de moi que je retrouve dans les yeux des autres, vision qui me paraît jugement alors qu'elle peut n'être qu'indifférence. Car enfin, mon visage, mon corps, mon apparence générale, mon aura, les vibrations que je dégage, dans le meilleur des cas n'évoquent rien pour la personne qui me croise et, dans le pire, sont invisibles. Je me figure ce regard posé sur moi un instant ou rencontrant le mien, alors qu'en fait l'autre n'a rien perçu, pas plus qu'il n'a vu le réverbère, le petit chien au manteau écossais, l'avion traçant un sillage qui se disperse déjà dans le ciel pas plus bleu que d'habitude.

Non, je suis injuste. Parfois un homme venant à ma rencontre réagit, dans ses yeux monte l'intérêt possible, un contact s'établit. Ou une vieille dame courtoise, sa jupe droite bien tirée, sa veste bien boutonnée, ses chaussures orthopédiques bien cirées, peut-être une nonne en civil dans ce quartier d'anciens couvents, me sourit, esquisse un geste amical.

Ce que je garde, moi, de ces chassés-croisés, c'est que je persiste à voir un jugement dans les yeux de chacun, même ceux qui ne se sont pas posés sur moi un seul instant, absence de réaction suspecte en soi. Je sais pertinemment que cette notion d'être toujours dans la balance d'autrui vient de ce que je me trouve si souvent dans la mienne propre et découle donc de ce jugement permanent que je porte sur moi-même, oscillant selon le cas entre une critique acerbe et pas forcément justifiée et une autosatisfaction béate sans grande raison d'être. Je porte sur mon moi un regard fragmenté, comme si je ne voyais dans une glace que les cils à enduire de mascara, la taille autour de laquelle boucler une ceinture, sans avoir une image d'ensemble. Mais si j'en juge par mon propre regard sur le monde qui m'entoure, les autres ne perçoivent de moi qu'un englobant vague où le détail est perdu.

Une image est aussi floue et inexacte que l'autre. Entre ma microvision de moi-même et la macrovision supposée des autres, où suis-je ? Somme toute, c'est peut-être cela, mon passage. Je reste extériorisée par rapport aux autres et, partant, par rapport à moi-même.

12

Je me vois déformée dans le regard d'Henri. Cette personne qu'il analyse et dont il me rappelle périodiquement les propos au cours de discussions souvent pleines d'acrimonie, je ne la reconnais pas.

— Moi, j'ai dit cela ? je murmure, déçue, ne sachant comment affronter ce nouveau défi qu'il me jette à la figure. Tu es sûr de ne pas te tromper ? Peut-être as-tu mal entendu…

Je devrais avoir appris qu'Henri est la dernière personne qu'il faille tenter d'amadouer. Son passé autant que sa personnalité le prédisposent à ces conflagrations aussi fréquentes que soudaines précédées par le changement de nature de son silence. Car le silence d'Henri n'est pas calme. S'y cachent des courants, des colères mal définies, un vacillement. Je n'apprends pas à m'y faire et me retrouve, moi aussi, avec des bouffées de fureur qui me montent au visage à l'idée que je dois bien m'ajuster si je veux poursuivre cette relation. D'une minute à l'autre, il se transforme en porc-épic rageur, toutes épines dehors. Le moindre manquement (« Ce serait plutôt à toi de t'excuser, tu ne penses pas ? »), la remarque la plus anodine (« Si tu trouves que je mets trop longtemps à m'habiller, tu n'as qu'à partir sans moi ! Mais je te préviens, c'est toi qui t'expliqueras avec Anaïs et Lucien »), une habitude qu'il réprouve (« Comment peux-tu utiliser de l'eau de Javel ? Cette saloperie m'a coûté plus d'un pantalon ! ») le mettent dans tous ses états. Après, même si cela s'arrange plus ou moins, j'ai droit à une mauvaise tête qui souvent ne disparaît que le lendemain. Dans ses meilleurs moments, sans jamais s'excuser, il reconnaît, un tantinet embarrassé, qu'il a un caractère de cochon, qu'il a une sale caboche, qu'il a toujours été un sauvage, et ainsi de suite. Je me garde, bien sûr, de remarquer qu'il n'y a pas de quoi se vanter, cela ne ferait que précipiter une autre crise.

J'ai du mal à m'accoutumer à ses accusations et à ses reproches. Comment peut-on vivre ainsi ? Je le regarde, il est pâle, au bord d'une de ses grandes colères, son regard est plein d'une pitié dans laquelle je refuse de reconnaître une nuance de mépris. De quel droit me mépriserait-il, d'ailleurs ? Il existe un mot dont je ne me souviens pas pour qualifier la façon dont nous nous habituons progressivement à des circonstances que nous n'accepterions pas autrement. Les femmes battues connaissent bien cette descente le long d'une échelle dont les pieds reposent sur rien de bien valable. C'était ainsi avec Henri, longtemps avant mon voyage en Bretagne. Je cédais, fatiguée, réussissais à prononcer les phrases d'apaisement susceptibles de mettre fin à un débat ridicule, à dire ce qu'il voulait entendre. « Tu as raison… » « Je n'aurais pas dû… » « Je ferai plus attention… » « Tu ne veux pas qu'on sorte ? Cela te changerait les idées… » « Je te trouve mauvaise mine ces derniers temps. » J'ajoute, hypocrite : « Tu ne veux pas appeler Berthier ? Il te prescrirait quelque chose. »

Avec Henri, la démonstration d'intérêt et encore plus la flatterie, ma dernière arme, marchent à chaque coup. Quand je sens une explosion arriver, je désamorce, j'esquive, en rapportant, vite, vite, la bonne opinion qu'a de lui un de ses collègues que j'ai vu par hasard dans la rue. Il se rengorge, sourit, l'air faussement modeste.

13

Car Henri adore qu'on parle de lui, qu'on l'observe, qu'on le fasse passer pour plus épuisé par les soucis ou plus intelligent ou plus subtil qu'il n'est. Sarah Bernhardt au petit pied, il a un besoin immense d'être le centre de l'attention, en bien comme en mal, peu importe. J'exploite cette faiblesse. J'ai honte d'avoir recours à ce que je considère comme une manipulation, mais comment vivre avec quelqu'un comme Henri sans le manipuler ?

Toujours est-il, je l'ai dit, que c'est au retour de ce voyage que j'ai compris, je ne me souviens plus comment, que Coralie et Henri couchaient ensemble. Cela a été la dernière goutte quasi anodine dans un océan de rancœurs et de ressentiment. Rester avec Henri n'était plus qu'une perte de temps aliénante. Je ne me suis pas attardée, j'ai ramassé les trois fripes que j'avais chez lui, je suis partie en posant les clés dans le panier vietnamien sur le guéridon de l'entrée. Je n'ai pas laissé de mot, j'ai changé de numéro de portable. J'avais depuis longtemps résilié le bail de mon studio, j'ai passé quelques semaines chez une copine, le temps d'en louer un autre pas loin de l'Opéra-Bastille. Je devenais introuvable puisque je travaillais à domicile et n'avais pas de bureau où Henri aurait pu mettre la main sur moi. Il ne connaissait pas le nom des entreprises et des maisons d'édition qui me confiaient des ouvrages à réviser, il n'avait donc plus aucun moyen de me joindre, si la fantaisie lui prenait de comprendre pourquoi je mettais fin, sans un mot d'explication, à quatre ans de vie commune. Peut-être aussi qu'en lui rendant la tâche aussi compliquée j'évitais de savoir si, en fait, il essaierait.

14

Une occasion se présente de partir et je la saisis. La première fois que, après cette longue période sédentaire à Paris, je ressens le choc des roues d'un avion se posant sur une piste d'atterrissage, je tremble presque de plaisir et d'anticipation et me rends compte à quel point cela m'a manqué. Tout ce que comportent les voyages m'a manqué. Dans le taxi mal rafistolé qui m'emmène de l'aéroport à la ville, je vois sur le bord de la route une chaussure, l'immanquable chaussure qui ramène à la question de savoir, comme toujours dans ce cas, comment on peut perdre une seule chaussure. Un gant, oui, quoique dans les pays où je voyage les gens ne portent pas souvent de gants et pas souvent de chaussures non plus d'ailleurs, mais une chaussure ? Je ne peux pas imaginer dans quelles circonstances on la perdrait.

Mes voyages durent un an. Quand j'en fais la liste, je peux à peine croire que j'ai connu tant d'horizons dans une période somme toute assez courte. Alors, ces voyages ? D'abord, Tuva, au bout du monde, du côté de la Mongolie. J'en ai tout de suite aimé l'air limpide, les habitants aux paupières lourdes, aux petits yeux bridés, au sourire qui inonde leurs visages de joie. La nourriture, par contre, est immangeable. J'ai des haut-le-cœur à la vue du lait âcre sur lequel nagent des plaques de graisse jaune, la viande dure et franchement puante qu'il faut tenir à deux mains pour en arracher avec les dents des morceaux remplis de cartilage et de petits os. Infect. De mince, je deviens transparente. En cas de problème de santé, on n'aurait pas besoin de faire de radio ni de palper mes organes. Tout mon intérieur ou presque est visible à travers ma peau à présent diaphane. J'ai l'air d'un fantôme, je me trouve enfin belle.

15

Ma vie est définie par une lutte sans répit contre ma chevelure énorme. Armée d'un séchoir, d'une brosse, d'un fer à friser, de produits à lisser ou à boucler, je m'efforce de donner forme à cette masse récalcitrante. Une fois, au début de notre histoire, Henri, qui me reprochait le temps passé à me coiffer, me demande de laisser sécher mes cheveux naturellement, pour avoir une idée de l'air qu'ils auraient dans ce cas. Je me souviens encore de son expression épouvantée devant le résultat. Nous nous retrouvons devant le Centre Pompidou pour aller voir une exposition. Me regardant arriver, il reste bouche bée.

— Tu vois ? dis-je.

— Oui.

Il est penaud et évite désormais les commentaires désobligeants quand je squatte la salle de bains.

— Garance, dit-il un jour, c'est quoi, ce prénom ridicule ?

Il est allongé contre moi, sur le côté, et me regarde, la tête posée sur une main soutenue, elle, par son coude, en ce geste coutumier des amants au début de leur histoire. Nous nous étions rencontrés peu de temps auparavant.

— Pourquoi ridicule ? dis-je, hypocrite puisque je n'ai moi-même jamais apprécié de m'appeler ainsi. Je l'aime bien, moi, mon prénom.

— Ça fait danseuse de cancan. Tu n'irais pas traîner du côté du Moulin-Rouge, des fois ? Je te verrais assez bien avec des masses de jupons et des collants noirs, avec ton énorme chevelure.

Je ris.

— Et je me ferais croquer par Toulouse-Lautrec, c'est ça ?

— Croquer pour croquer, pourquoi pas par moi ?

Du revers de la main, je frappe son coude, démolissant son échafaudage. Il se laisse glisser le long de mon corps. Je ferme les yeux.

Nous reprenons plus tard.

— Puisqu'on parle de prénoms, et Henri, alors, tu trouves ça bien ?

— Tu n'aimes pas ?

— C'est nul !

Cela se termine bien entendu par des hurlements de rire, des chatouilles, des poursuites, l'amour. Je l'ai dit, c'était au début.

16

Il y a des moments comme ça qui me reviennent, qui me font sourire ou provoquent un pincement. D'autres sont moins drôles, moins amusants à évoquer. J'aimais Henri et j'étais amoureuse de lui, donc je refusais de voir ce qui clochait, alors qu'en fait tout clochait. L'amour, par exemple. Je ne sais pas si c'est vrai de beaucoup de couples mais c'était vrai du nôtre. À force de se prendre et de pouvoir se prendre quand on veut, on finit par ne plus en avoir envie. Pour Henri, assez tôt finalement, cela devient de plus en plus rare et moi, du coup, je montre moins d'intérêt. Je garde mes rêveries pour moi et les vis en solitaire, avec l'image d'Henri, toujours lui, devant les yeux. Avec le double d'Henri, cet amant virtuel dont je dois bien me satisfaire puisque l'amant charnel laisse à désirer, je fais des suggestions que je n'envisagerais jamais de faire dans la réalité, je me trouve dans des situations infiniment érotiques, j'emploie des mots impossibles et me les fais répéter par lui, tout cela jusqu'à me calmer.

Et puis je me souviens d'autres moments, surtout vers la fin, quand Henri commence à regarder ailleurs. Il ne s'en rend même pas compte. C'est un ton plus caressant pour s'adresser à une petite caissière à la peau lisse, ce sont les dîners au restaurant empoisonnés par son regard qui revient vingt fois vers la table voisine où deux femmes bavardent, c'est sa façon de suivre des yeux une fille bien faite qui marche devant nous dans une allée de grande surface. Bien sûr, il déteste les remarques à ce sujet et nie avec force, ce qui m'irrite encore plus. Je finis par me taire et observer, la mort dans l'âme. Ainsi ce café de la rue du Quatre-Septembre où nous nous arrêtons un après-midi. La serveuse est bien roulée, avec des seins volumineux débordant de son tee-shirt largement échancré. Son maquillage charbonneux de goth, les tatouages symétriques sur ses avant-bras, les clous d'argent ornant ses sourcils et le coin de sa bouche, tout me paraît déplaisant, d'autant plus qu'Henri entreprend de faire le joli cœur, de taquiner la fille et de plaisanter avec elle qui lui répond du tac au tac, d'une voix rauque de grande fumeuse. C'est gênant mais j'essaie de regarder ailleurs. Le lendemain, quand le hasard – était-ce le hasard ? – nous ramène dans ce même quartier, je remarque qu'Henri au volant cherche des yeux le café où nous étions la veille, difficile à reconnaître entre trois ou quatre presque semblables. Pendant quelques minutes, il interrompt l'histoire qu'il est en train de me raconter, ralentit, regarde avec attention, oubliant que je suis à côté de lui.

17

Puis il commence à carrément me tromper. Je suis moins déçue, irritée ou jalouse que je ne l'aurais cru. Il y a six mois encore, si on m'avait dit qu'être trompée par Henri me laisserait si calme, j'aurais protesté. Pourtant, voilà où nous en sommes. Pour écrire l'histoire de sa vie, il se croit obligé de tremper sa plume dans tous les encriers. Mais ce n'est jamais que de l'encre, mon pauvre Henri, j'ai envie de m'écrier. La fidélité est autrement voluptueuse. Se consacrer à une seule personne, une seule, et reconnaître toujours les bras qui vous entourent, personnellement, c'est cela que je trouve excitant. Ce n'est pas que l'envie manque parfois d'aller voir ailleurs et même qu'elle ne vous prenne au dépourvu. Ainsi, je flâne, un jour, quand mon regard est attiré par une bricole dans une vitrine d'antiquaire. Je ne suis pas pressée, je pousse la porte, dont le grelot sonne, et j'entre. Dans la pénombre, je ne vois pas tout de suite de vendeur, puis un homme sort de l'arrière-boutique. Avant même son bonjour, un éclair me traverse le bas-ventre, si fort que j'en reste interdite. Ses traits n'ont rien de remarquable mais de sa personne se dégage une douceur comme angélique. J'absorbe en une minute son apparence qui me trouble tant, ses cheveux mi-longs qui touchent le rebord d'une chemise claire sous un pull gris pelucheux à col en V. Encore jeune, il se tient un peu voûté, flottant dans son pantalon en velours côtelé poché aux genoux. Il me salue, attend, l'air surpris. Je lui demande le prix du premier objet à portée de main, un guéridon plutôt hideux, et m'enfuis. Les joues brûlantes, courant presque pour m'éloigner, je poursuis de longs instants le fil de ce désir violent, intempestif, qu'il a dû éprouver lui aussi, je veux le croire, et aurait dû nous jeter l'un contre l'autre dans le fond du magasin. Je le sentais contre moi, j'imaginais que ses mouvements auraient été tendres et le plaisir prolongé au-delà de ce qui est habituel pour une première fois.

Je m'arrête dans une pâtisserie pour me calmer avec une tarte aux mirabelles. Je surprends mon image dans une glace et me trouve rayonnante. Je reprends mon chemin. Un homme que je croise puis un deuxième me lancent un regard plus qu'appréciateur, franchement admiratif. En fait, le second esquisse un geste, ralentit comme s'il allait m'aborder, mais il doit voir à mon expression que je savoure un moment qui ne laisse place à aucun partage.

18

Des voyages, donc. J'ai quitté Tuva, j'ai connu le Guatemala, le Ghana, la Malaisie, pour des raisons trop compliquées à expliquer et dont je me souviens à peine. J'ai donné naissance à un fils mort-né qu'on me retire et emporte immédiatement hors de la salle d'accouchement, pas assez vite toutefois pour que je n'aie le temps de voir qu'au lieu du bras gauche il a une sorte de nageoire, une vision qui me restera bien longtemps et qui me revient parfois encore aujourd'hui.

Voilà. Je suis rentrée à Paris.

C'est à Paris que je me retrouve. Non, cette tournure est maladroite. Je veux dire que c'est à Paris que je retrouve mon moi. Au cours de ces cent voyages et plus qui sont la trame sur laquelle je tisse ma vie nœud par nœud avec une habileté discutable, Paris reste la seule constante, le seul retour, le seul recours. Vue de loin, depuis ces ailleurs plus ou moins exotiques, plus ou moins appréciés, la ville de tous mes rêves se perd dans des brumes aux contours si vagues que je ne peux plus les distinguer ni les imaginer, mais chaque fois que j'atterris à Roissy ou à Orly et, à l'entrée de l'autoroute, vois le premier panneau indiquant Paris, je comprends qu'en fait de rêve, il s'agit là de ma seule réalité. Après le dédoublement subi pendant mes absences et que j'éprouve sans même m'en rendre compte, comme s'il y avait à l'intérieur de ma perception de moi-même une autre image plus faible, le nom même de Paris suffit à faire se juxtaposer les deux représentations, me rendant ainsi à moi-même, tout simplement entière. Le même sentiment, en quelque sorte, qu'Henri me fait éprouver au début de notre histoire, sauf que Paris ne me trahit pas.

J'entends parfois des exilés, partis de chez eux dans des circonstances difficiles et y retournant par choix ou par obligation – récupérer des biens confisqués, assister à des obsèques –, dire leur joie de se retrouver chez eux après vingt, trente années et plus passées ailleurs. Je m'étonne qu'ils restent étrangers à leur terre d'exil après y avoir vécu tout ce temps et par contre se retrouvent dans leur terre d'origine comme s'ils ne l'avaient jamais quittée. Eux s'étonnent de mon étonnement et me disent que c'est seulement là-bas qu'ils sont enfin chez eux, que les passants dans la rue parlent la même langue, ont les mêmes références auxquelles accrocher leur vie. Je comprends ces exilés quoique je me demande parfois s'ils ne se tissent pas à leur insu des liens dont ils ne sont pas conscients et s'ils n'en défont pas d'autres qu'ils ne voient pas disparaître. Un cousin du côté de mon père, né et élevé en France, me disait un jour sa déception lors d'un séjour en Iran, après le vertige initial. « Je pensais m'y retrouver, moi qui suis de là-bas d'une certaine façon, et je m'y suis senti d'ailleurs. » Oui, je comprends tout cela, toutes ces dérives multiculturelles faisant partie de la vie de tant de gens aujourd'hui. Finalement, les nouveaux rivages où nous abordons ne sont jamais faits que de sable sous nos pieds. Seul Paris est différent, pour moi. Paris, où je suis née, est mon seul chez-moi, ma ville. Et dans Paris, une rue est mienne, la rue Notre-Dame-des-Champs. Le consensus reconnaît Paris comme la plus belle ville du monde. Partant, la rue Notre-Dame-des-Champs est la plus belle du monde puisque c'est la plus belle rue dans la plus belle ville. Je sais, il y en a de plus nobles, de plus spectaculaires. Je lève le nez vers les balcons ouvragés dans le septième arrondissement, vers les larges perspectives autour du Sénat, vers les immeubles resplendissants de classe discrète et opulente du côté du parc Monceau. Ce n'est pas le cas de ma rue, où règne un assemblage hétéroclite de bâtiments d'époques indéfinies, des ateliers dans des immeubles branlants au fond d'une cour ombragée, des buildings modernes, solides et plutôt dénués de caractère, quelques immeubles de pierre de taille aussi, et puis des écoles (beaucoup d'écoles, Stanislas à un bout, l'École alsacienne à l'autre, Notre-Dame de Sion et d'autres encore entre les deux). Mais ma rue reste quand même la plus belle. De même pour mon quartier. Je dis à mes proches de ne pas s'étonner si là, à l'intersection du boulevard Raspail et du boulevard du Montparnasse, pas loin d'une énième statue de Balzac par Rodin, le pavé semble se soulever en battements réguliers. C'est là mon cœur.

Il ne faudrait pas déduire de tout cela que mon amour de Paris me rende insensible au reste du monde.

Pourquoi irais-je si souvent chercher ailleurs, si j'étais comblée ici ? Le fait est que d'autres villes peuvent me causer un enthousiasme, un envoûtement, une satisfaction, un sentiment d'osmose. Ainsi je trouve toujours sublime New York, une ville qui me bouleverse par sa démesure, par son énergie qui fait vibrer l'air au-dessus des tours de métal et de verre, par sa vie culturelle. Mais mon plaisir intense de m'y trouver, de sortir au petit matin, un jour qui s'annonce beau, et de sentir un enthousiasme me remplir à l'idée de tout ce qui peut arriver de passionnant ce jour-là, n'empêche pas que la ville, plus qu'une réalité, reste pour moi comme une scène de spectacle. J'ai toujours le sentiment que les New-Yorkais eux-mêmes abordent leur ville comme des acteurs ou des figurants aborderaient le décor où doit se tourner un film. Ils s'habillent en conséquence, souvent de noir. Toujours à pied, ils sont minces par rapport aux autres Américains. Ils sont conscients de l'atmosphère extraordinaire dans laquelle ils évoluent, et on entendra toujours un New-Yorkais qualifier une scène dont il vient d'être témoin de « moment new-yorkais », c'est-à-dire quelque chose d'amusant et de typique mais non d'exceptionnel dans cette ville où sont exceptionnels à la fois le tout et le rien. Par contraste, les Parisiens, eux, se meuvent dans Paris comme s'il était tout naturel de s'y trouver. Ils ne se lèvent pas davantage le matin en se disant « Je suis parisien, je vis à Paris » que je ne me lève, moi, le matin en me disant « Je suis un être humain » ou, poursuivant la métaphore, « Je respire ». Non, je vis à Paris, ainsi font les Parisiens, et c'est bien.

Paris a ses défauts. Ses banlieues, sauf les plus huppées à l'ouest, sont hideuses, et j'avoue que pendant des années je n'appréciais pas trop les marronniers, même en fleur. Je n'éprouvais pas le même attachement que les autres Parisiens à ces arbres. Puis je m'y suis faite. Maintenant, oui, j'aime les marronniers.

19

J'ai poursuivi le travail qui m'avait justement amenée à voyager ou, plus précisément, avait été le point de départ de mes voyages, qui sont vite devenus une fuite, comme le serait une descente peu paisible d'un de ces grands fleuves tumultueux que j'allais connaître en Amérique latine. Et puis, comme toujours, je suis revenue.

Depuis que je suis rentrée de mon dernier voyage, je revois le passé. Quelqu'un m'apprend que Coralie est morte en couches, d'un enfant qui n'a vécu que trois jours dont on ne me dit pas s'il était d'Henri. Cela me rend toute rêveuse, triste sans doute. Ma petite sœur avait été une enfant particulièrement mignonne, elle était ma poupée, mon enfant à moi. Je me souviens avec tendresse de ses manies, de ses passions, fréquentes et violentes, pour un jouet, un endroit, un gâteau. Comme le font les enfants, elle comptait ses années en fractions, précisant qu'elle avait six ans et quart ou sept ans et demi.

Nous nous sommes bien entendues pratiquement jusqu'au lycée. Après, qu'est-ce qui s'était passé ? Comment reconnaître le point, dans chaque trajectoire, où les lignes droites commencent à dévier, où le cours des choses change ? Je me suis souvenue que j'avais vu Coralie une fois avant mon départ pour Tuva. J'étais au marché d'Auteuil, un quartier que je fréquentais peu, et attendais mon tour pour acheter un bouquet de renoncules qui avait attiré mon regard. Coralie et moi nous sommes trouvées nez à nez, trop tard pour esquiver la rencontre, manœuvre que l'une comme l'autre avions clairement amorcée. Nous n'avons rien dit que de très banal, de l'ordre de « Ça va ? Ça va, et toi ? ». Elle me dit que notre père vieillissait, qu'il s'enfonçait dans la solitude, qu'il parlait parfois de moi. Je ne lui demandai pas de nouvelles d'Henri, elle ne m'en donna pas. Dans la voiture, j'ai dû attendre un peu de reprendre mon souffle et que les battements de mon cœur se calment. Henri occupait dans mes souvenirs une place disproportionnée par rapport à son investissement émotionnel minime. En plus, un vague sentiment de culpabilité me venait d'avoir tellement négligé mon père, mais Coralie était consciencieuse et assidue, je ne l'étais pas. Notre famille n'en avait plus été une depuis le divorce de nos parents et depuis que maman avait abandonné tout effort pour maintenir un minimum de cohésion. Curieux comme une personne aussi égocentrique avait tout de même réussi à construire et à préserver une vraie cellule familiale. Mais elle n'avait peut-être pas tant réussi que ça, en fait, puisqu'il n'en était rien resté à partir de sa séparation d'avec mon père. Coralie et moi n'étions plus proches depuis des années, mais les liens du sang, si inexplicables, sont réels et sa mort m'émeut. Néanmoins ma sœur ne me manque pas. Cela viendra peut-être plus tard, à l'âge des bilans et des regrets. Maman elle-même, toujours bien vivante, ne me manque jamais, je le crois, en tout cas. J'ai parfois d'elle une image fugace, un instant, et j'éprouve quelque chose qui pourrait ressembler à de la tristesse qu'elle n'ait pas occupé une place plus importante dans ma vie. Je l'appelle, tous les trente-six du mois, lors d'un passage à Paris. Nous nous retrouvons parfois du côté de Saint-Lazare, pas loin de la boutique où elle travaille, et nous partageons une quiche dans un Paul quelconque.

Ma mère ne parle pas beaucoup. On pourrait la croire timide alors qu'elle est en fait secrète. Fidèle à son signe, Poissons, elle sait mieux que quiconque se faufiler entre deux eaux, vous glissant entre les doigts juste quand on pense la tenir enfin. Ses explications ne sont jamais satisfaisantes sur le passé de la famille ou sur les raisons qui l'ont amenée à épouser mon père ; j'ai donc cessé de la questionner. Comme elle éprouve peu d'intérêt pour tout ce qui ne la concerne pas directement et qu'elle refuse de s'exposer le moins du monde, les conversations avec elle frôlent tout juste la surface des choses, comme des libellules ridant à peine l'eau d'un étang. Elle ne s'avance jamais, ne se livre guère. Si je lui demande son avis sur un film qu'elle mentionne avoir vu, elle dira « J'ai aimé » ou « Je n'ai pas aimé », sans plus, ce qui fait que même là où j'aurais pu, à travers un goût exprimé, la cerner tant soit peu, je me retrouve dépitée.

Je suis aussi souvent irritée par le fait qu'elle mente, une autre fuite sans doute, sinon comment l'expliquer ? Je l'attrape à déguiser ou maquiller la vérité sur des questions anodines. Elle dit n'avoir pas été dans telle rue où je l'ai aperçue par la fenêtre d'un bus ou n'avoir pas parlé depuis des années à quelqu'un qui vient de me raconter une longue conversation téléphonique de la veille. Quand cela m'embête, je lui cherche des raisons, des excuses, l'incertitude des enfants de divorcés (ses parents à elle aussi se sont séparés quand elle était petite) que je connais de première main. Ou bien je m'explique ses évasions par la vie avec mon père. Celui-ci, au caractère profondément iranien, considérait que, si ses amis hommes avaient droit à toutes les confidences et à tous les égards, il n'était pas toujours utile de partager des informations avec sa femme et ses enfants, que moins ils en sauraient sur les affaires de la famille et mieux cela vaudrait pour tout le monde. Mon père, bien qu'évoluant de concert avec sa génération sur l'égalité des sexes, éclatait d'un gros rire en racontant des anecdotes sur les « bonnes femmes », leurs récriminations, leurs revendications pour plus d'égalité. Dans ses moments plus sérieux, en revanche, il se montrait tout à fait conscient de la nécessité d'un changement social. Bref, il vivait dans une contradiction permanente entre ce qu'il croyait profondément et la philosophie apparente avec laquelle il abordait la question. À sa décharge, il faut bien admettre que cette contradiction concernant les femmes n'est pas particulière aux Iraniens mais commune à beaucoup d'hommes.

Mais enfin, étant moi-même transparente et incapable de déguiser la vérité, les ellipses, dérobades et faux-fuyants de ma mère me gênaient et créaient entre nous un no man's land que je ne pouvais traverser pour arriver jusqu'à elle. D'ailleurs, elle ne se serait pas prêtée à ce que j'aurais considéré, moi, comme des retrouvailles, et elle, sans doute, comme une invasion de son espace privé.

Je vois ma relation avec ma mère à travers des images horticoles. Je l'imagine telle une Parque New Age tenant de grands ciseaux, taillant sans merci, *clip-clip*, le moindre petit bourgeon qui pourrait éclore et se tendre vers le soleil qu'elle dispense si chichement. J'ignore si elle se comportait de même avec Coralie, quand celle-ci était encore en vie, ou avec ses propres amies, si cette attitude froide consistant à refuser tout contact autre qu'épisodique et léger m'est réservée ou si elle pratique la même approche avec d'autres, se tenant toujours sur le qui-vive, prête à s'enfoncer dans des profondeurs où nul ne peut la suivre. Je l'appelle rarement, je l'ai dit, et elle pratiquement jamais. Pourtant, plusieurs fois par an, nous nous retrouvons.

La première fois que je la vois réellement bouleversée, c'est lors de ce retour de voyage où j'apprends la mort de Coralie. Elle me dit qu'elle aurait bien aimé que j'assiste à l'enterrement. Elle ajoute qu'elle aurait souhaité ma présence, d'abord parce qu'il s'agissait de ma sœur mais aussi parce qu'elle, ma mère, aurait voulu m'avoir à ses côtés.

Elle ajoute, remarque lui correspondant peu : « Cela aurait été plus facile. »

J'éclate en sanglots, éprouvant peut-être un vrai chagrin de la mort de ma sœur et de l'indifférence de ma mère à mon égard, à moins que ce ne soit tout simplement ma façon de me libérer de la tension que je ressens toujours avec elle. Mais elle ne m'accompagne pas dans mes larmes, même si je choisis de voir dans ses yeux baissés une tentative de cacher son émotion.

Je lui prends la main pour la serrer, mais elle ne me l'abandonne qu'un instant avant de la retirer sous prétexte d'ajuster sa boucle d'oreille. Je me calme donc vite et lui demande où Coralie a été enterrée et si nous pourrions aller fleurir sa tombe ensemble. Elle reste évasive, disant « Pourquoi pas » mais ajoutant qu'elle en revient tout juste, qu'elle me donnera les indications nécessaires. Je n'insiste pas.

Comme je ne supporte pas l'expression renfrognée de ma mère quand elle se sent poussée dans ses retranchements, je ne lui demande pas si elle était au courant de la relation de Coralie avec Henri ni si l'enfant qui a si peu vécu était bien de lui.

De retour chez moi après ces retrouvailles qui en sont si peu, je me prends à pleurer à nouveau, cette fois pour être ainsi mise à l'écart de confidences que j'imagine échangées entre ma mère et ma sœur morte à présent. J'aurais aimé faire partie d'une vraie cellule familiale, connaître cette chaleur partagée, peut-être illusoire car il n'est pas dit que les familles où les individus semblent plus proches les uns des autres que nous ne l'avons été ressentent vraiment cette chaleur. Je me console en me disant que j'ai probablement de tout cela une vision idéalisée qui ne correspond pas à la réalité.

Une autre fois, quand je la retrouve, je ne reconnais pas son parfum habituel, le *Shalimar* qu'elle a toujours porté. Comme je m'en étonne, elle répond qu'elle a trouvé du côté de la place Saint-Sulpice une petite boutique où on crée des mélanges au goût des clients.

— Il faut savoir changer, dit-elle. Rien n'est plus vieillot et sclérosant que de s'accrocher à ses points de repère.

Elle continue sur le sujet des parfums :

— Pendant tant d'années, une femme pouvait reconnaître n'importe quel parfum. D'abord il n'y en avait pas tellement et puis ils étaient tous distincts les uns des autres. Tout cela a beaucoup changé depuis vingt, trente ans. Les maisons créent des parfums à tour de bras et en plus ils ne ressemblent pas du tout aux parfums d'autrefois. Je les trouve moins capiteux, moins personnels. Ils sont, je ne sais pas, interchangeables, génériques. D'ailleurs il y a trop de tout. Tiens, les noms des ouragans tropicaux...

Je lui dis que je ne la suis pas. Elle ne mange pas, elle est rêveuse.

— Mais si. Tu sais, il y a cet organisme, aux États-Unis je crois, qui baptise les ouragans. Ce n'est peut-être pas le seul mais je ne connais que celui-là. Alors ils nous donnent Hugo, Katrina, Irene, tout ça. Avant, ils avaient des prénoms en réserve pour dix ans ou plus. Maintenant, au bout d'un an, les prénoms sont épuisés tant il y a d'ouragans. Et nous sommes pris dans tout ça, même à distance. Cette masse de choses, partout. Des villes de plus en plus énormes, une population qui explose, des nouveaux continents, puisque nous en avons toujours connu cinq et qu'on en compte à présent six et même sept. Je nous vois comme des particules tournant à une vitesse incroyable dans une immense centrifugeuse sans même en être conscientes...

Je lui dis que je trouve qu'elle divague un peu et que ses images sont sinistres. Je m'étonne de ce ton inhabituel chez elle, plus introspectif et plus personnel, loin de son style neutre et de sa manière d'éviter autant les grandes phrases que les grands émois.

C'est peu après que j'apprends qu'elle a un cancer. Des recoupements me permettent de me rendre compte qu'elle ne le savait pas encore lors de cette rencontre. Elle devait toutefois pressentir comme une ombre au-dessus d'elle, d'où le ton. Nous savons toujours quelque part, n'est-ce pas, même quand nous ne nous doutons de rien.

20

Et puis je repense à la rencontre fortuite avec Coralie au marché d'Auteuil, celle où elle m'avait parlé de notre père. Je me souviens d'avoir regretté ce jour-là – encore des regrets, à croire que je ne connais que cela – de ne pas sentir une appartenance, une responsabilité – que la voix du sang ne me parle point ou que je fasse semblant de ne pas l'entendre. Je me note mentalement d'aller un jour voir mon père, ce qui n'arrivera que bien, bien longtemps plus tard.

21

Quand je pense à mes relations avec mes parents, je me dis qu'elles n'entrent dans aucune des catégories dans lesquelles peuvent se reconnaître les autres familles. La faute, si c'en est une, n'en incombe pas au fait qu'ils viennent de pays, de cultures et de civilisations différents, car de nombreux couples se trouvent dans cette situation et la surmontent fort bien. Pourquoi les liens entre nous quatre, mon père, ma mère, Coralie et moi-même, ont-ils été fragiles au départ, pourquoi n'ont-ils pas subsisté, se sont-ils ainsi dissous ? Était-ce par timidité ou par indifférence, ou parce que aucun de nous, en fait, n'a jamais rien su exprimer ? Je n'ai pas de réponse, pas plus que je ne saurais dire si cette absence de vie affective dans ma famille m'a influencée au point que je me défais rapidement des attachements qui peuvent survenir, que je me suis pour ainsi dire interdit d'éprouver un profond sentiment envers qui que ce soit et quoi que ce soit et que mes émotions extraordinairement intenses et violentes relèvent davantage du domaine du rêve que du tangible. Je me demande d'ailleurs parfois si la lumière éblouissante émanant de ma fille Myriam a vraiment éclairé ma vie pendant trois ans ou si je l'ai entièrement rêvée. Il me faut alors me replonger dans ses photos, interroger ce regard si clair, si plein de joie et de vie, essayer d'imaginer comment les années auraient agi sur elle, me demander si elle aurait eu la chance d'échapper à notre naufrage universel.

Coralie et moi étions trop différentes, passé l'enfance et la prime adolescence, pour rester au moins amies, sinon proches. Nous n'avions vraiment jamais rien à nous dire. Elle traversait la vie comme on entre dans un grand magasin, faisait la moue devant tel ou tel étalage ; sur une impulsion, elle décrochait deux ou trois articles qu'elle enfilait, se tournait et se retournait pour se voir sous tous les angles dans les miroirs d'une cabine, puis partait en achetant ou n'achetant pas. Elle avait peur des films tristes, des histoires qui la feraient réfléchir, des régimes, des restrictions de tout ordre. Il lui fallait s'amuser, être entourée de rires et de chansons, toutes choses qui, quelque part au fond de moi, déparaient le genre humain. Bref, elle était trop légère pour moi et moi trop sérieuse pour elle, nous n'étions pas faites pour nous entendre. Quand, sur la fin de ma relation avec Henri, elle me l'a piqué, j'ai tout de suite compris que cela tombait sous le sens. C'est vrai, je savais bien évidemment qu'un homme se lasse d'une mine perpétuellement grave et de conversations toujours profondes sur des sujets abstraits. Je comprenais qu'Henri se réfugie auprès de cette boule d'énergie, de fossettes, d'éclats de rire perlés, de rondeurs séduisantes aussi, qu'était Coralie. Pour lui, c'est simple, je comprends qu'il ait été attiré par elle surtout, et ce n'est pas dur à reconnaître, parce qu'elle était si différente de moi. Son rôle à elle m'est plus difficile à accepter. Tout en ne m'attardant pas sur cette affaire, je ne puis m'empêcher de me demander si, parmi les milliards d'hommes de la planète, elle n'aurait pas pu jeter son dévolu sur un autre que celui qui partageait ma vie. Y avait-il une revanche à prendre, un message à adresser à une sœur aînée par qui elle a dû se sentir parfois écartée avec un peu de condescendance, en raison de ses préoccupations jugées par elle importantes et par moi pas du tout ?

Ma famille, c'était donc cela. Une sœur que je ne voyais pas, des parents que je voyais si rarement qu'ils ne connaissaient rien de moi. Les connaissais-je, moi ? Les enfants croient toujours connaître leurs parents, dès l'adolescence ils pensent avoir fait le tour des limites de ces êtres responsables des enfants dont ils ont la charge, leur imaginent bien peu de dimensions, bien peu de couches différentes, de contradictions. Ils leur accordent une attention plus que distraite, d'où l'extraordinaire révélation que sont parfois les secrets éclatant enfin au grand jour. S'il n'y a pas de vraie vie de famille, de souvenirs partagés, les émotions faciles des jours de fête, les récriminations des enfants envers une discipline qu'ils jugeront toujours trop stricte, l'acharnement des parents à vouloir empêcher leur progéniture de se fourvoyer sur des sentiers qu'eux considèrent comme périlleux alors que les enfants sont simplement en train d'apprendre à avancer, au bout du compte, les liens finiront par casser. Il ne s'agit pas d'une chaîne ADN dont on aurait déchiffré les moindres combinaisons, il s'agit de relations compliquées ou, pire, incompréhensibles.

Mes parents, donc. Ils étaient tous deux enfants uniques, tous deux de parents divorcés. Mon père venait d'une famille iranienne gauchiste appartenant à la sphère intellectuelle modérée qui à l'époque du chah avait espéré un moment voir le pays s'engager dans un processus démocratique, qui aurait pu constituer un garde-fou contre le chaos sanglant de la révolution islamique à venir. À cette époque, revendiquant haut et fort une liberté encore absente du paysage politique, il fit un court séjour en prison avant de décider de quitter le pays, définitivement, pensait-il alors. Il avait des relations, il avait poursuivi de bonnes études. Engagé par la succursale française d'une grosse boîte américaine, il y rencontra ma mère, française, elle, fille de famille avec un père historien et une mère journaliste qui s'étaient séparés alors qu'elle était petite. Contrairement à mon père, et, bien plus tard, à Coralie et à moi-même, ma mère avait gardé ses grands-parents assez longtemps. Nous avons donc connu, dans une campagne de la Loire, des vacances qui restent dans mon esprit paisibles et même idylliques, comme peuvent nous apparaître, avec le recul, des souvenirs de la petite enfance quand celle-ci a été peu troublée.

Car, enfants, nous ne savions rien des dissensions et des drames qui couvaient. Quand, à mon adolescence, la séparation de nos parents devint définitive, mon père retourna en Iran et entra dans l'administration, où les réformes auxquelles il commençait à adhérer allaient bon train. Il se mit à gravir les échelons pour occuper d'assez hautes fonctions, tout en enseignant aussi à l'université, puis éclata la révolution islamique. Son passé de sympathies cryptomarxistes, même révisées à l'époque du chah, lui inspirait une méfiance profonde à l'égard d'un régime mené par des turbans. Un nouveau temps de prison acheva de briser ses ressorts une fois pour toutes, mais il resta quand même en Iran quelques années. C'était à ce moment qu'il insista pour avoir l'une de ses filles avec lui. Coralie était plus petite que moi, ce fut donc moi qui fus envoyée en Iran. J'y restai trois ans, je l'ai dit, mais mon père, voyant bien que je ne m'acclimatais pas vraiment, me renvoya en France, justement quand ma mère perdit son propre père. Accablé par la tournure que prenaient les choses en Iran, il devint de plus en plus indifférent quant à l'avenir du pays et eut l'ultime sursaut qui lui permit de repartir à son tour et de s'installer définitivement en France.

22

J'aime partir. Il y a bien sûr la découverte, le dépaysement, la langue et les coutumes autres, mais ce que je trouve surtout reposant, c'est de me délester des problèmes à résoudre dans mon quotidien, même s'ils sont évidemment remplacés par d'autres. J'apprécie aussi de me couper un temps de gens que je peux bien aimer sans avoir envie de les voir ou de les entendre trop souvent. Ma pauvre Coralie, à l'époque où je la croisais parfois, était une de ces personnes dont je me réjouissais de pouvoir m'éloigner. Elle savait tout et avait des opinions sur tout – le pratique, j'entends, car elle ne lisait pas et ne s'intéressait au monde que dans la mesure où les choses la concernaient directement. Sans broncher, je l'écoutais me demander sans cesse pourquoi je faisais ceci de telle façon plutôt que de telle autre. Pourquoi accroches-tu ta jupe à ce cintre ? Pourquoi ne prends-tu pas le train au lieu de la voiture ? Pourquoi ne vas-tu pas te faire couper les cheveux ? Toutes ces questions se résumaient en fait à une seule : pourquoi n'es-tu pas davantage comme moi ? J'étais dépourvue de brutalité et trouvais les discussions acerbes déplaisantes, je ne disais donc rien.

Et puis, en voyageant, je fuyais les blessures, petites et grandes, que vous infligent les amitiés n'ayant pas survécu aux ans, les jalousies professionnelles, les occasions ratées à cause d'un coup fourré. Finalement, toutes ces réactions qu'on se reproche de ne pas avoir eues à temps, les mots refoulés, les répliques cinglantes que l'on tait forment des échardes qui se plantent un peu partout au cours des ans et autour desquelles les cellules s'indurent. J'en oublie ce que j'aurais dû dire, que j'ai tu par lâcheté peut-être, par discrétion ou courtoisie aussi, ou parce que j'étais déjà loin.

23

L'autre jour, j'ai aperçu Henri, sa silhouette empâtée détendant un polo Lacoste du plus vilain vert. Je l'ai observé de loin, quelques instants, alors qu'il attendait à un feu. Malgré moi, j'ai cherché dans ce corps avachi quelque trace de l'homme que j'avais aimé. Non, rien. Je croyais qu'il voulait traverser, mais en fait une petite femme boulotte, un peu dans le genre de Coralie, est venue le rejoindre et ils se sont donné la main pour reprendre leur route ensemble. Leur entente était trop confortable pour être neuve, et je me suis prise à faire le compte : moi, puis Coralie, puis petite boulotte, combien entre, combien à venir ? Et moi donc, combien d'hommes ont-ils traversé ma vie depuis Henri, combien ont-ils compté, lui-même a-t-il compté ? La mort idéalise les amours du passé alors que les ruptures les rendent dérisoires. Si Henri était mort dans la fleur de l'âge, s'il m'avait été enlevé, selon la phrase consacrée – comme si ce n'était pas plutôt à eux-mêmes, à la vie, que les morts étaient enlevés –, j'aurais gardé un souvenir intact et peu à peu amélioré. Henri aurait été Henri, mais en mieux, devenant l'aune à laquelle mesurer tous les autres, l'occasion perdue pour moi d'avoir une vie parfaite avec un homme parfait. Au lieu de quoi je le regarde s'éloigner dans le soleil couchant de la rue du Départ, vers la baleine échouée qu'est la gare Montparnasse. Je m'étonne de cette lourde silhouette d'homme qui n'a rien gardé de l'élégance et de l'allure qui me charmaient autrefois, et je n'arrive pas à me souvenir de ce qui m'avait tant attirée puis causé tant de peine.

24

Je veux toujours être ailleurs. Ailleurs et loin ou tout simplement ailleurs. Ainsi, j'attendrais avec une anticipation presque voluptueuse une soirée rêvée depuis longtemps et se déroulant enfin, comme la représentation d'un opéra archi-aimé, pour, en plein milieu de l'aria d'un ténor magnifique, me retrouver en train de superposer à la scène l'image d'un sentier quelque part sur une dune que j'ai dû escalader. Ou bien je crois entendre une bribe de phrase, comme celles qui résonnent soudain contre notre oreille, claires et happées au néant, entre deux rêves. Quelqu'un va dire « J'ai refusé tout net » et je vais suivre cette voix en esprit, me demander qui a prononcé autrefois ces mots resurgis Dieu sait pourquoi et rechercher, généralement en vain, dans quel contexte. Cette absence, ce blanc dans ma pensée, dure quelques instants, puis soudain les flots de musique reprennent le dessus, l'aria qui s'achève redevient présente et je m'en veux à mort d'en avoir manqué si totalement une partie, mais il est trop tard, bien sûr. Je me reproche d'avoir gâché mon plaisir et me demande, dans le même temps, si je suis, en fait, capable d'en éprouver, sinon pourquoi m'arrangerais-je pour saisir systématiquement l'occasion du moindre détour au lieu de m'investir dans ce moment précis dont j'attendais un bonheur provisoire ?

Ce n'est pas seulement ailleurs que je veux être mais autre, changée. Je me dessine une silhouette différente, un esprit rempli de connaissances que je ne possède pas, des pièces où je vivrais dans la sérénité que me donneraient enfin des plafonds assez hauts, des murs assez écartés, des portes-fenêtres plein sud ouvertes sur un grand jardin.

Avec le pinceau méticuleux d'un peintre hollandais, je dessine le feuillage des arbres, les nervures des feuilles, les nuages ronds et roses du ciel de ces ailleurs dans lesquels je voudrais m'évader, ces autres personnes que je voudrais devenir, avec un physique, des souvenirs et un avenir différents. Au tout premier plan des caractéristiques de celle qui me remplacerait, il y aurait la capacité de savoir goûter le présent, de s'y ancrer avec satisfaction. Quand le parfum de la baguette tiède tout juste achetée vous rappelle un autre moment pas forcément semblable ni meilleur, quand vous vous réveillez à côté d'un homme en en imaginant un autre, mieux ou moins bien mais en tout cas différent, cela a pour unique résultat de vous empêcher de goûter l'instant sans que vous puissiez retenir celui dont vous avez évoqué le souvenir ou que vous avez imaginé dans une réalité parallèle.

25

D'autres m'apparaissent comme parfaits ou ayant accompli un parcours sans faute. Je suis assez raisonnable et connais assez la vie pour savoir pertinemment que le sans-faute n'existe pas, mais en concevoir la possibilité pour eux me permet de l'envisager pour moi-même.

Les « j'aurais pu », « j'aurais dû » se bousculent contre les « un jour je ferai », « un jour je serai ».

26

Sept ans, c'est le laps de temps qu'il faut à une relation terminée pour faire que l'être près de qui nous avons cheminé un temps sorte définitivement de notre cœur, ne réapparaisse que rarement dans nos souvenirs, ne provoque plus jamais ni émotion ni tendresse. C'est le laps de temps qu'il faudra pour tout à fait effacer Henri. Sa pensée me reviendra pour la dernière fois de façon tangible sept ans exactement après que je l'ai quitté, puis il n'y aura plus que des bribes trop vite éparpillées pour être reconnaissables. Le dernier souvenir précis m'effleurera à propos de rien, un soir où je serai en train de manger devant la télé en regardant les nouvelles et où me reviendra une soirée du début de notre relation. Nous dînions du côté de la Bastille, après avoir assisté à je ne sais quel spectacle. À un moment, il me raconte des vacances passées en colonie où ses parents viennent lui rendre visite en lui apportant des petits jeux électroniques, sa mère qui esquisse un mouvement de recul quand il se jette dans ses bras. Apparemment, le directeur de la colonie, un ancien hippie, ne prêtait pas grande attention à l'hygiène des enfants. Henri ne s'était pas brossé les dents pendant trois semaines et les avait noires.

— Mes parents étaient horrifiés. Ils ont fait une photo de mes dents noires et l'ont scotchée sur la glace de notre salle de bains, m'interdisant de l'enlever. Cette photo est restée là pendant un an au moins. Autant te dire qu'après ça j'ai toujours eu une bonne hygiène dentaire.

Ce jour où je me souviendrai d'Henri, je m'arrêterai, interdite, la fourchette à hauteur de ma bouche, prise d'une immense affection pour lui comme dans les meilleurs moments de notre relation. Le temps aboli, je me retrouverai telle que j'étais, amoureuse et inquiète car, le connaissant ombrageux, je craignais que la remarque la plus anodine ne fasse dévier notre humeur de couple vers des sables mouvants dont il serait difficile de s'extirper. J'ai su alors que j'ai été amoureuse d'Henri, sans vraiment l'aimer. Là, me souvenant de cet enfant aux dents noires que je n'ai pas connu mais dont je m'approprierai l'existence passée pour un instant, le flot de tendresse sera réel qui me fera regretter de ne pouvoir revenir en arrière, refaire ce parcours en supprimant les embûches, les obstacles, ce tronc d'arbre en plein milieu, ces flaques boueuses, pour que nous ayons devant nous une route propre et claire sur laquelle il ferait bon avancer. Bref, tout le contraire de ce que nous avions connu ensemble jusqu'à la fin de notre histoire. Dommage qu'il ne soit pas possible dans une relation de garder de l'autre seulement les aspects qui nous plaisent, de faire ressortir de sa personnalité uniquement ce qui nous complète et nous convient au lieu d'être obligés d'accepter un tout pas nécessairement fameux... Ainsi, c'est seulement quand la relation avec Henri s'est défaite que j'ai admis ce que j'avais refusé de reconnaître jusque-là, à quel point son front bas et ses yeux enfoncés m'avaient gênée. J'aime l'harmonie des visages, j'aurais dû être peintre.

MYRIAM

27

Ma vie coule ainsi, lisse et sans histoire. Je me promène, je travaille, vois des amis bien que ceux-ci me fatiguent parfois, trop prévisibles dans leurs amours, leurs intérêts et le superficiel de leur contact avec moi. On attend d'une relation, quelle qu'elle soit, qu'elle évolue. Une relation qui ne change pas n'en est pas une. La relation que j'ai avec le concierge de mon immeuble n'a jamais changé. Les deux, trois phrases ou bribes de phrase que nous échangeons sont invariablement les mêmes. C'est pareil avec ces amis de toujours – car je n'ai pas souvent envie de m'investir dans des relations nouvelles et jette aussitôt les cartes de visite et les numéros de téléphone dont on m'accable, sauf dans le domaine professionnel –, je me lasse de retrouver les mêmes propos, les mêmes discussions. Auxquels s'ajoutent des conseils non sollicités sur ma façon de mener ma vie, des jugements à l'emporte-pièce sur les uns et les autres ou le fait politique du jour, des discussions parfois navrantes pour essayer de me convaincre d'adhérer à tel ou tel point de vue, moi qui rejette tout sectarisme et qui déteste qu'on me dise comment penser.

Une découverte, le plus souvent intellectuelle de nature, fait parfois choir quelques feuilles qui plissent doucement la surface de ce que j'appelle, pédante, mon étang intérieur. Un texte particulièrement bien tourné, un spectacle original dans un espace culturel de banlieue, une conversation stimulante entre copains (car cela peut arriver), parfois même une rencontre m'offrent un instant de pur bonheur. Je suis reconnaissante de recevoir ces cadeaux, ces petits plaisirs dont il faut bien se contenter quand on a accepté qu'il n'en existe pas de grand. J'écris, il m'arrive de sourire en tapotant mon clavier dans les moments où les mots coulent, faciles, et je me bute quand ils se montrent rétifs. Le plus souvent, je renâcle et trouve la tâche répétitive, avec le sentiment que je ne contrôle plus rien.

Ces agressifs océans électroniques de textes internet qui n'en sont même pas tant les mots qui les remplissent (à défaut de les composer) sont pauvres, vidés de sens, interchangeables, ordinaires ; ils épuisent mon esprit, me déconcentrent, m'enlèvent la capacité d'un effort suivi de réflexion. Tout ce qui se passe dans ma tête devient informe, des sauts de puce d'une ébauche de pensée vite abandonnée pour une autre, à l'image de la façon que j'ai à présent de capter ce qui apparaît sur mon écran d'ordinateur, mes yeux se posant sur un mot puis trois lignes plus loin sur un autre, mes doigts cliquant vite pour passer à autre chose. Les livres, les vrais, me tombent des mains. Je deviens incapable de l'effort qu'il faudrait soutenir pour suivre des mots, ligne par ligne, pendant que l'esprit saisit la réflexion ou l'histoire qui les sous-tend. Cet assaut permanent contre ma tête pensante agit sur ma mémoire comme sur tout le reste. Je commence avec une bribe de conversation dont je me souviens et, contrairement à ce qui se passait il y a peu encore, j'oublie quand, où et avec qui elle a eu lieu. Puis j'oublie que j'ai oublié. Si une impression, un moment, une senteur, un endroit me semblent brièvement déjà perçus, je les supprime comme je le fais des messages écoutés sur mon portable, car en fin de compte rien ne se rapporte à rien. Il faut attendre sans paniquer, se dire que c'est sans doute là un avatar de l'être humain nouveau qui émerge dans un monde si différent de ce qu'il a été pendant des millénaires et que ce sera peut-être très bien, mais, en attendant, Dieu que c'est fatigant !

Je reprends le passé pour dire que dans l'ensemble, à l'époque intermédiaire dont je parle, je ne m'ennuyais pas particulièrement, mais certains jours j'avais du mal à trouver un sens à tout cela ou de bonnes raisons de continuer. Puis j'ai eu Myriam et j'ai basculé dans l'amour fou. J'ai été secouée par la violence des sentiments dont je me trouvais soudain capable. L'émerveillement devant ce petit être parfait, la terreur abjecte de la perdre qui me faisait passer des nuits blanches déjà agitées par les vagissements du bébé, la joie de la baigner, de rouler ma tête sur son ventre rond pour entendre ses extraordinaires éclats de rire, de l'habiller, de m'asseoir sur un banc de parc à côté de son landau et de rester à admirer, jamais lassée, les petits bras et les petites jambes remuant sans cesse, puis les premiers pas, les premières dents, les premiers mots, tout m'était ravissement. On m'aurait dit de me coucher à terre et de mourir là, pour Myriam, que je me serais étendue tout de suite et serais morte, non seulement sans hésiter mais heureuse de surcroît de passer de vie à trépas, instantanément, pour mon enfant adorée. Ma passion pour elle dominait tout. Parfois, je me faisais violence pour la donner à garder quelques heures pendant que je m'occupais au-dehors ou voyais des gens, simplement pour me prouver que j'étais encore capable d'indépendance, mais ce n'était qu'un leurre. Tout instant passé loin d'elle avait un goût de poussière.

28

C'est avec Myriam que je comprends à quel point, contrairement à ma perception de moi-même, je suis en réalité peu fragile. Jusqu'à sa naissance, l'image que j'avais de moi dans la vie était celle de l'imposteur, de quelqu'un qui fait semblant d'appartenir à un groupe social ou à des catégories – on dira pour simplifier, par exemple, au genre humain, femme, Française, trentenaire, écrivain ou aspirant écrivain, professionnelle de l'écriture en tout cas, etc., etc. – et, dans un ordre non chronologique mais itératif, éventuellement la moitié d'un couple, même celui très temporaire de quelques jours ou d'une seule nuit. Mais, dans tout cela, je restais extériorisée par rapport à moi-même. Donc je m'observais, vue depuis une certaine distance, et je me considérais comme fragile parce que vulnérable, parce que essentiellement ne faisant partie de rien et reconnue par personne.

Myriam me permet de porter un autre regard sur moi-même et de me donner le droit d'exister réellement, d'être de plain-pied dans la vie. Jamais, pendant les trois ans de sa présence, je n'ai éprouvé ce sentiment d'irréalité qui m'accompagnait depuis toujours.

En donnant la vie à cette minuscule enfant, je me suis ouverte à elle comme à ce qui m'entoure et, pour la première fois, j'ai posé les pieds sur la terre ferme. Cela me donne un sentiment extraordinaire de puissance et me fait saisir simultanément à quel point je n'ai vécu jusque-là qu'une pure illusion. Si Myriam n'avait pas occupé toutes mes pensées et tout mon temps et surtout si elle ne m'avait pas donné une si belle vision de la vie, j'aurais pu me révolter d'être si longtemps passée à côté de tout en supposant, je ne sais pourquoi, que j'existais, que je m'étais dessinée avec un minimum de netteté alors que tout était flou jusque-là. Je ne le dirai jamais assez, je n'ai commencé à exister que le jour où ma petite fille est née.

29

Quand on m'annonce, à l'hôpital, que le résultat des analyses non seulement est inquiétant mais est en réalité un arrêt de mort, quand on me fait revenir à moi, quand le médecin me confirme, avec tous les ménagements du monde, que Myriam ne vivra pas et qu'elle me sera enlevée dans quelques mois au plus, il se produit en moi un curieux glissement, quelque chose comme le moment où j'ai donné naissance à ma fille ou même celui où le placenta a été expulsé. C'est ce même sentiment de vide, d'arrêt sur image, de langueur soudaine après la frénésie des préparatifs de l'accouchement suivie de cris, de douleur par instants insoutenable à laquelle succède, brièvement, le rien, avant que la vie reprenne son souffle, redémarre. C'est exactement cela qui m'arrive quand on me dit que Myriam, mon soleil, l'éblouissement de mes jours, va bientôt s'éteindre.

Honnêtement, après cela, je ne gâche pas une seconde de celles qui nous sont chichement comptées. Si, avant le diagnostic, ma fille représentait déjà le centre absolu de mon existence, elle en investit à présent le moindre interstice, occupe chaque parcelle du temps qui reste, emplit chaque grain du sable qui s'écoule silencieusement dans l'horrible sablier soudain apparu. Il n'y a plus que Myriam. Si elle se réveille la nuit, c'est dans son petit lit installé à côté du mien. Je l'ai mise là, ma fille, pour ne pas perdre de temps à aller jusqu'à sa chambre. Je ne dors pratiquement pas pendant quatre mois et demi, jusqu'à l'instant où la vie quitte ses yeux qui me fixent sans savoir.

30

J'ai alors capté quelque chose que je pressentais jusque-là de façon purement inconsciente. J'ai compris que Myriam m'a donné la vie, du début à la fin, autant que je lui avais donné la sienne. Généreuse jusqu'au bout de ses trois ans, l'âge auquel elle est partie, elle m'a fait ce don avant de me laisser. Je ne me suis apitoyée ni sur elle, qui n'aura rien su de la terreur ni de l'extase qu'est vivre, ni sur la taille de son cercueil, si petit dans la travée de l'église, ni sur moi-même ou sur mon cœur, qui n'aurait pas dû être brisé de la sorte. Bien au contraire, ma fille morte est devenue ma force. Elle m'a appris l'amour, j'ai continué à aimer. Quand j'ai rencontré Daniel, j'étais enfin capable d'un sentiment fort, honnête, permanent, sans aucune ambivalence. Je serais ingrate de ne pas admettre que Daniel fut un cadeau dans ma vie, sauf les derniers mois, quand nous nous sommes retrouvés dans le marécage des mauvaises fins de relation. Sinon, pendant longtemps, il a été à mes côtés, plus réel que ce que j'avais connu jusque-là avec les hommes. J'ai eu avec Daniel des moments d'une ineffable douceur, le fait d'avoir démarré avec lui sur un terrible chagrin m'a rendu plus précieux tout ce qu'il y avait de riche et de chaleureux dans un amour que j'attendais si peu. A-t-il été le grand amour de ma vie ? Comment savoir ? Nous n'avons pas de point de comparaison quand nous disons cela de quelqu'un parce que les autres amours ont déjà été dépassées et effacées. Mais Daniel a certainement causé en moi le sentiment amoureux avec une intensité que je n'avais pas connue jusqu'à lui et m'a permis le partage de la seule communication par instants totale de ma vie. Car ma petite fille disparue, si elle m'avait fait connaître l'amour absolu, ne pouvait évidemment pas tout comprendre, communiquer, dire et entendre, comme Daniel sut le faire pendant longtemps.

31

Sous-jacente, je crois, est l'idée que tout cela, c'est-à-dire ma vie à ce jour, n'est qu'un brouillon. Nous commettons les pires bêtises, les erreurs les plus impardonnables, revenons en arrière, éliminons, tout cela parce que nous pensons quelque part que cette copie pleine de taches d'encre et de ratures n'est pas celle que nous sommes supposés remettre. Ce n'est pas la bonne. Sûrement que le temps nous sera donné pour tout recopier au propre. Il n'est pas possible que nous ne recevions pas une seconde chance, que nous ne puissions appliquer les leçons enfin apprises, que nous ne puissions recommencer à zéro sur une page vierge. J'ai beau me dire qu'il n'est pas raisonnable de le croire, je continue à me figurer que je pourrai tout refaire, et faire juste cette fois.

32

Pendant des années, chaque fois que j'ai eu à traverser la banlieue sud de Paris, tous ces noms, Orly, Rungis, Évry, Thiais, etc. m'ont rappelé, d'abord avec insistance, puis plus faiblement, avec le passage du temps, que mon père y habitait. Peu à peu, cette géographie qui avait eu ce relief supplémentaire est redevenue plate et ne m'a plus parlé, de sorte que je traverse à présent la banlieue sud comme je le ferais d'une autre.

Mais un jour où je dois me rendre à Fontainebleau pour je ne sais plus quelle raison, je me perds. Enfin, si on veut. C'est plutôt un de ces actes manqués faisant les délices de Freud, lui qui utilisait ce genre d'incident comme une démonstration de ses théories souvent bancales, parfois fulgurantes de génie. Alors voilà, je me trouve devant une série d'immeubles pas très hauts, dans des jardins impersonnels assez agréables. Je m'étonne de la facilité avec laquelle je retrouve le bon immeuble, la bonne porte, le bon bouton d'interphone. Coralie est morte depuis plusieurs années et je n'ai eu depuis aucun contact me permettant de savoir si mon père, lui, est toujours en vie. Mais oui, son nom est là, ce nom iranien qui n'est plus le mien depuis que j'ai repris, il y a longtemps, celui de ma mère.

Je sonne, il m'ouvre. Il occupe un appartement de vieux, encombré, les rideaux tirés. En m'embrassant, touchant ma joue de la sienne, sèche, il cache son plaisir, mais je le connais quand même encore assez pour savoir que je viens de lui faire là un cadeau apprécié autant qu'inattendu. Mon père ne m'adresse aucun reproche. On peut en faire quand une relation est en train de se défaire mais pas quand elle est devenue inexistante ou pour ainsi dire caduque. Il m'indique le sofa et va à la cuisine. Étant donné l'heure, le thé infuse sans doute dans une théière calée sur la bouilloire où frémit de l'eau. Des bruits me parviennent de la cuisine, le cliquetis des verres à thé à la taille étroite dont je sais qu'il les pose sur le plateau en argent ciselé que j'ai connu dans mon enfance et dont ma mère n'a pas voulu quand ils se sont séparés, elle qui s'était largement servie dans l'accumulation d'objets d'une vie commune. J'entends le tintement des petites cuillères qui tombent sur le même plateau ainsi que le sucrier en verre teinté contenant le sucre candi. Que tout cela me soit si familier est un sentiment agréable. Je ne sais pas si j'aime encore mon père, mais le fait qu'il soit mon père me donne un sentiment de pérennité, de temps arrêté. Remontent des souvenirs de terreurs nocturnes calmées, de leçons de vélo, de pique-niques, de raclées aussi, rares, il faut bien le dire, de carnets de notes volant à travers la pièce. D'autres aussi, de cris avec ma mère, suivis de silences qui pouvaient durer longtemps, d'un côté comme de l'autre. Comment vit-on avec quelqu'un sans parler pendant des semaines entières ?

Et au-delà de tout cela, il y a mon père, qui provoque en moi quelque chose qui ne changera pas. Il est vieux, il est chauve, il est lourd, la quinte de toux de fumeur dont il est pris dans la cuisine m'irrite toujours ; malgré cela, l'émotion ou le sentiment ressenti me plonge tout de suite dans d'autres profondeurs.

Je ne me lève pas pour lui proposer de l'aide mais lui demande depuis son living s'il a besoin de moi, il répond que non. Il ne doit pas souvent avoir de visiteur, je suis sûre que quelque part il lui est agréable d'avoir à accomplir les gestes que l'on fait, aussi simples soient-ils, quand on reçoit du monde. Dans des cadres sur un buffet, il y a nous : maman, les joues pleines, lisses, les yeux vifs sous les cils qu'elle avait particulièrement fournis, Coralie toute petite, rondouillette, moi déjà montée en graine. Dans d'autres cadres, des individus que je ne connais pas, avec l'air sévère que l'on avait quand être pris en photo ne comportait pas l'obligation de sourire. Les hommes sont en uniforme, les femmes portent les coiffures des années quarante du siècle dernier. D'autres photos encore, une de mon père, incroyablement jeune, s'inclinant devant le chah à l'époque où lui et le chah, chacun dans sa sphère, étaient quelqu'un.

Mon père revient avec le plateau, s'excuse pour les petits-beurre rangés en éventail dans une assiette.

— Je n'ai pas grand-chose, dit-il avec cet accent qu'il n'a jamais perdu.

Nous échangeons quelques propos. Les mots se détachent et tombent, lourds comme des gouttes d'huile, dans un silence que nous n'arrivons pas vraiment à remplir. Nous ne parlons de rien de personnel, ni de ma mère, ni de Coralie morte ou vivante. Il ne sait rien de ma vie, de Daniel ou d'autres compagnons, de mes voyages, de ma petite Myriam. Il me demande si je suis contente, si j'ai du travail. Je lui demande s'il n'a pas d'ennuis de santé. Sans entrer dans les détails, il me répond qu'il souffre des maux propres à son âge.

Je lui demande s'il est retourné en Iran. Il répond que non, qu'il n'y a rien qui l'attende là-bas, rien qui l'attire. Sans emphase, il ajoute que les paysages, les montagnes, le ciel si haut, il les portera toujours en lui et c'est tout ce qui compte. Il répète, les montagnes, le désert, la couleur du ciel. Il me dit :

— Tu ne te souviens pas, tu es partie très jeune. Le ciel est très haut en Iran.

Je lui dis que je m'en souviens très bien et que j'ai vu ce même ciel très haut dans certaines parties des États-Unis et en Amérique latine.

— Les gens s'étonnent quand on leur parle d'un ciel très haut, mais c'est vrai qu'il n'est pas partout pareil, je dis.

— C'est si important, le ciel.

Comme autrefois, je ressens qu'il y a une vérité dans ce que dit mon père, une vérité derrière les mots et presque sans rapport avec eux. Je ne sais si c'est une image que j'ai créée de lui dans ma tête, si je le veux plus profond et plus judicieux qu'il n'est en réalité, s'il ne s'agit pas là de ma supériorité d'Occidentale qui voit forcément de l'ethnique chez ceux qui viennent d'ailleurs, si je ne recherche pas le cliché de la sagesse orientale.

Il est vrai que le ciel a toujours été important pour moi, que je lève souvent la tête pour le regarder et m'étonner de l'importance de ce qui n'est, au fond, rien qu'une illusion d'optique – est-ce ainsi que l'on peut définir ces couches d'air qui font du bleu ou du gris, ce ciel qui se retrouve, comme à Paris parfois quand il est bas, l'œil mauvais, imitant les voyous des quartiers chauds ?

Sans aucune raison, je me sens bien. Mon humeur, mon âme sont à l'image de ce ciel d'Iran juste avant le nouvel an, qui coïncide avec l'équinoxe de printemps. C'est drôle, ce qu'on continue à porter en soi. À chaque printemps, je me souviens du nouvel an iranien. C'était comme cela : il fait encore froid. Les montagnes au nord de Téhéran sont toujours couronnées de la neige qui fondra pendant les mois chauds de l'été. Pour encore quelques jours, le temps reste changeant, incertain, d'une fraîcheur qui vous tombe dessus en plein milieu d'une journée déjà tiède. Des rafales soudaines poussent devant elles des océans de nuages cotonneux pour tout d'un coup les disperser et laisser un soleil puissant réchauffer l'air. Je n'ai jamais connu un temps tellement variable. Téhéran même est une ville horrible, immense et polluée comme ce n'est pas permis, mais quand mon père nous emmenait, des amis et moi, beaucoup plus loin dans la montagne, vers des vergers de pommiers ou de cerisiers en fleur dont les pétales voltigeaient dans l'air embaumé, j'inspirais cette légèreté, cette tendresse que je n'ai jamais connue ni avant ni après.

À la troisième cigarette qu'il allume, mon père surprend mon regard.

— Oui, tu vois, je fume toujours.

Avec nos proches, les mots ont une valeur tout autre. S'y mêlent trop de bagages, trop de passés, de moments semblables et peut-être dissemblables qui viennent corroborer et renforcer des mécanismes qui nous irriteront toujours et dont nous ne pouvons nous défaire d'un côté comme de l'autre. Comment voir quelqu'un autrement qu'à travers le filtre de ce que nous savons déjà de sa personne ? Notre seule possibilité de changer d'optique serait de faire table rase de tout à chaque contact ; il deviendrait impossible de garder quelqu'un dans notre vie. Quelque part au fond de nous, nous restons des habitants des cavernes ou de la jungle, nous ne pouvons nous fier qu'à notre instinct, qu'à ce que nous humons dans l'air, ce que notre expérience et notre vécu nous disent. Mon père, en cet instant, se sent jugé. Moi, je me laisserais mettre en pièces plutôt que de l'avouer, mais c'est sûr, j'ai dû le juger sans y penser. Ce qui m'énerve, c'est qu'il tire une sorte de gloire à être fumeur. Regardez comme je suis, a) un intellectuel, ou b) un exilé malheureux, ou c) un raté (choisir le mot qui convient), à moins qu'il ne faille entendre là : « Tu ne vas pas me dire ce que j'ai à faire, c'est moi qui contrôle ma vie, qui décide comment je veux traiter mon corps », bref, la position de l'animal menacé que nous savons tous si bien adopter dès que nous sentons ou soupçonnons une critique, critique qui devient tout de suite une mise en question de notre être tout entier.

Comme je ne me résous pas à ne rien répondre du tout et à laisser s'installer un silence lourd de sous-entendus, je secoue la tête.

— Mais non, je t'assure que non. D'ailleurs, je n'ai rien dit.

— Non, mais je sais ce que tu penses. Toi et ta mère, vous avez toujours été contre.

— Tu fais ce que tu veux.

J'ajoute en riant, pour désamorcer davantage l'éclat possible :

— À chacun son cancer.

Il recommence avec les arguments que j'entendais si souvent quand je vivais avec lui et dont je m'aperçois que le temps n'a pas estompé le pouvoir de m'irriter.

— C'est des histoires, tout ça, dit-il.

Je refuse de me laisser asticoter sans répondre et redessine des limites que je ne veux pas voir franchies.

— Ah bon ? Parce que le cancer du poumon, tout ça, tu appelles ça des histoires ?

Et nous voilà repartis.

— Tu es assez intelligente pour comprendre d'où tout cela vient.

Ne sachant comment éviter cet exposé tant de fois ressassé sur les conspirations dont nous sommes victimes sans nous en rendre compte et sur ces pouvoirs occultes qui tiennent notre vie entre leurs mains, et en même temps curieuse de voir si son point de vue a évolué le moins du monde, je le laisse continuer. Il se lance dans des théories compliquées dont je ne doute pas, quoique les ayant entendues cent fois, qu'il saura leur donner un tour nouveau. Comme toujours, il fait preuve de l'imagination et de l'affabulation sans bornes que j'ai si souvent constatées en Iran avec des gens qui voulaient à tout prix démontrer que leur vie ne leur appartenait pas et qu'ils ne sauraient être que des pantins, des jouets, des fétus de paille ballottés par des vents puissants contre lesquels on ne pouvait lutter.

— C'est bien prouvé que ce n'est pas vrai, mais on cache les études qui démontrent le contraire. J'ai un ami médecin qui m'a montré un rapport sur ces études.

Il m'a demandé de ne pas utiliser son nom parce que c'est trop risqué pour lui.

— Ah bon, et il t'a dit que fumer ne cause pas le cancer ?

— Absolument. Il m'a dit que c'était une légende et que cela se sait.

J'insiste.

— Et il t'a aussi dit pourquoi on cache cela aux gens ?

Mon père secoue la tête, toujours avec un air entendu.

— Tu es pourtant assez maligne, tu aurais dû comprendre. C'est à cause de la drogue.

— De la drogue ?

Il est plus animé qu'il ne l'a été depuis mon arrivée.

— Mais oui. Tu sais à combien se monte le marché mondial de la drogue ?

Nous y voilà. C'est vrai, son refrain a changé, là il s'agit de conspirations du monde de l'argent. Autrefois, il disait que les gouvernements occidentaux encourageaient l'utilisation de la drogue pour que le public ne se rende pas compte de sa servitude (au crédit, aux francs-maçons, aux Juifs qui tiraient les ficelles de la société). Je me souviens même qu'il m'avait soutenu, il y a longtemps en Iran, que les Beatles avaient été lancés, dans les années soixante, pour que les jeunes se droguent et ne pensent pas à se révolter contre la société de consommation – ou était-ce la guerre du Vietnam ? Mais maintenant, ses arguments ne m'amusent pas et je m'en veux de l'avoir laissé m'entraîner sur ces chemins bourbeux et répétitifs.

— Beaucoup, je suppose, dis-je sans trop de conviction.

— Exactement ! Tu as tout compris. En décourageant les gens de fumer, en leur faisant peur avec toutes ces histoires, on les oblige à se rabattre sur la drogue. Pourquoi est-ce que tu crois que tous les Américains se promènent avec leur dose de cocaïne dans leur poche ?

— Parce que tous les Américains se promènent avec leur dose de cocaïne dans leur poche ?

— Ah oui, sans exception. Tu ne sais pas ce qui se passe en Amérique. En fait, comme la plupart des gens, tu ne veux pas savoir.

Je ne me sens pas le courage de décortiquer la logique de sa déclaration, de lui faire voir qu'une conspiration de cette ampleur nécessiterait trop de conspirateurs – tous les médecins, tous les laboratoires de recherche, toute l'industrie pharmaceutique, tous les gouvernements, donc des dizaines de millions d'individus à travers la planète, mais je refuse de poursuivre la discussion. L'expérience que j'ai de mon père et des gens qui voient le monde en ces termes me dit que cela ne mènerait à rien. Dans mon silence entre aussi, et je me le reproche, la désapprobation de ce qu'un homme aussi intelligent que lui se laisse aller à ces inepties. Le ressort, simpliste, est le même que pour toute croyance irraisonnée : pour la plupart des gens, le monde est trop inexplicable et la vie trop difficile s'ils ne s'accrochent à une logique, tout illogique qu'elle soit.

Il change enfin de sujet et se met à converser plus à l'aise, comme si évoquer ses grandes théories l'avait rendu libre de parler de tout. Il est content que je sois là, c'est clair. Il me raconte de petits événements, évoque ses voisins, me dit que son oncle Mohammad Ali, que la famille appelait Mamali, est venu lui rendre visite.

— Il est resté presque trois mois. Il est vieux et a du mal à marcher, mais ça m'a fait plaisir quand même.

Je n'ai pas, moi, un bon souvenir de cet oncle, un homme prétentieux et fier de son extrême ignorance qu'il considérait visiblement comme un atout. Il croyait en imposer à la petite *farangui* que j'étais, la petite Européenne, en me parlant, chaque fois qu'il me voyait, du *magnum opus* auquel il travaillait depuis des années et qui portait, disait-il, sur l'évolution tout entière de l'être humain et sur toute son histoire. Au départ, j'étais épatée, visualisant une œuvre encyclopédique de grande portée, mais je compris vite qu'il s'agissait des notions les plus farfelues mises bout à bout et basées sur le mépris assumé de tout ce qui pouvait exister sur le sujet. Je me souviens encore du jour où, mesurant enfin l'ampleur de la bêtise de cet oncle, j'ai risqué un commentaire et lui ai demandé s'il avait beaucoup lu sur la théorie de l'évolution. Il a balayé l'air de la main, déclarant, péremptoire, qu'il n'avait rien lu et n'avait aucune intention de le faire. Comme je poursuivais, disant que beaucoup d'auteurs, de savants ou de chercheurs s'étaient déjà penchés sur la question, son irritation a grandi.

— Je ne veux pas le savoir. Mes théories sont tellement neuves que tout le reste sera oublié et que le monde comprendra enfin d'où nous venons et quelle a été notre trajectoire.

— Vous ne pensez pas que ce serait utile d'être au courant de ce qui a déjà été dit ?

— Absolument pas ! La beauté de ma pensée, ma force, c'est qu'il n'y a justement aucune ingérence venant d'ailleurs. Tout est nouveau et vient uniquement de moi.

Je me suis tue, stupéfaite. À présent, là, en visite dans le vieil appartement paternel, je me souviens comme si c'était hier de son éclat de rire, de la grande tape donnée sur le dos de son neveu, c'est-à-dire mon père.

— Tu vois, a-t-il dit, tout fier, je l'épate, ta petite *farangui*. Les Occidentaux subissent un tel lavage de cerveau, on leur enfourne tant de notions bizarres et fausses depuis l'enfance, ils ne conçoivent pas qu'on puisse faire un travail original.

Il m'a encore regardée et, prononçant mon nom à la persane, a ajouté :

— Garance *djoun*, crois-moi, le jour où mon livre sera publié, ce sera comme une bombe qui éclatera dans le monde.

Sans réaction de ma part, tant ses propos sidérants me laissaient muette, il avait répété, déçu :

— Comme une bombe !

Je me suis contentée d'un faible sourire et j'ai dit :

— Sûrement.

Je trouvais l'oncle Mamali d'autant plus déplaisant qu'il me semblait surprendre une lueur un rien libidineuse au fond du regard qu'il posait sur moi. L'idée que cet homme à la cinquantaine largement dépassée puisse imaginer ses mains qu'il avait velues courant sur mon corps de gamine me donnait des frissons qui n'avaient rien d'érotique.

Mon père me raconte donc en détail le séjour de l'oncle Mamali, dont le moment le plus marquant a été une soirée au casino d'Enghien. Je n'ai guère de commentaires à faire et le silence s'installe. Au bout de quelques minutes, comme il devient pesant, je lui dis que j'ai eu une petite fille et qu'elle est morte. Je ne m'attendais pas à ce que ces mots sortent de ma bouche ni à ce que ma voix pour les dire puisse être ainsi neutre, posée. Mon père, soudainement secoué de sanglots, se couvre le visage de ses deux mains, et je sais que, davantage que peiné, il est surtout révolté par l'injustice et l'inutilité d'un tel événement. Déjà autrefois, c'était un révolté. Quoique iranien jusqu'au bout des ongles, il était dénué de ce fatalisme qui accable les peuples du Moyen-Orient et leur ôte tout dynamisme. S'il se laissait aller à voir partout des conspirations et des rumeurs comme celle qui faisait croire à tort que fumer donne le cancer, c'était plutôt par acquis culturel que par conviction, du moins c'est ce qu'il me semblait. S'il avait été gauchiste dans sa jeunesse, comme d'autres membres de sa famille, s'il avait connu brièvement les geôles du chah, c'était aussi, je pense, par principe. Pour se dresser contre un ordre établi plutôt que pour offrir une alternative. Sûrement, partir en France (où il avait rencontré ma mère) après cet épisode relevait d'un sursaut de recherche de vraie liberté. J'ai déjà raconté comment, revenu en Iran après le divorce, à l'époque où ses amis intellectuels se gaussaient du chah, lui, sans doute le plus lettré de tous, voyant les progrès du pays tout en déplorant le manque de libertés, avait fait cause commune avec le régime, d'abord dans son succès, puis dans son vacillement et enfin dans sa chute. C'était d'ailleurs cette alliance qui lui avait valu d'être brièvement arrêté après la révolution de 1979, mais un de ses anciens élèves à l'université à présent promu à de hautes fonctions l'avait fait relâcher. Après cela, il était resté quelques années en Iran, à végéter et à observer sans grand intérêt, je crois, la déconfiture progressive du régime des mollahs. C'est là que, s'ennuyant, il avait insisté auprès de ma mère pour qu'elle lui envoie une de leurs deux filles. Je ne sais comment il avait réussi à la persuader, sans d'ailleurs préciser laquelle de nous il souhaitait avoir – c'était elle qui avait décidé que ce serait moi. C'était aussi quelque temps après mon retour en France, je l'ai dit, qu'il s'y est également installé, de façon définitive cette fois. Non que cela ait causé un quelconque rapprochement entre nous. Nos rencontres se sont raréfiées pour un jour s'interrompre.

Mon père pleure sur la mort de Myriam. Il s'abstient de m'offrir ces formules se voulant lénifiantes et y réussissant si peu que les gens débitent dans ces circonstances. De toute façon, il ne peut me parler de la nécessité de me soumettre à la volonté d'un Dieu auquel il n'a jamais cru. C'est moi qui me lève, vais m'agenouiller à côté de son fauteuil, prends sa main posée sur son genou et me retrouve aussi à pleurer. Il s'essuie les yeux, tend la main vers la boîte de mouchoirs en papier sur la table et se mouche bruyamment.

Nous buvons un second verre de thé. Je parle de Myriam à mon père, je lui dis qu'elle avait trois ans quand elle est morte, qu'après cette mort le monde s'était arrêté pour moi pendant quelque temps, que ma fille est présente dans chacun de mes jours et chacune de mes nuits. Je lui dis toutes ces choses que je n'avais dites à personne. Je ne me souviens pas d'avoir même mentionné Myriam sauf au personnel de l'hôpital qui m'avait soutenue avec une extrême compassion dans les derniers instants de sa vie et tout de suite après. Et bien sûr, Daniel.

Mon père m'écoute avec une grande attention, hochant la tête. Il m'offre de rester dîner mais la visite a suivi sa courbe naturelle et il est temps de partir. Il me raccompagne, cet homme dont je ne sais pas grand-chose, que je ne reverrai peut-être pas et dont je me sens pourtant proche.

J'oublie ce qui m'avait amenée dans cette banlieue. Je récupère la voiture, mes yeux toujours brouillés de larmes qui ne coulent plus seulement pour la mort de Myriam mais pour d'autres aussi, celles qui ont lieu en permanence et en silence au fond de nous.

33

Je tourne les pages du passé une à une. Chaque souvenir s'étire en une toile diaphane qui très vite s'effiloche et ne correspond plus à rien. J'évite d'autoriser une senteur ou une nuance rosée dans le ciel de ce début d'été à me projeter vers une disposition semblable, à évoquer le moment où j'ai déjà vu la même teinte, un arbre de la même forme, senti le même parfum d'épices. Je change la station radio qui joue la nostalgie avec trop d'insistance, je gomme à chaque instant ce qui pourrait me faire prendre conscience d'une progression dans le temps, progression non pas nécessairement chronologique mais plutôt itérative qui de toute façon mène vers cet âge où je ne me reconnaîtrai plus. Je me défais des gens, je me défais des endroits, je me défais des sentiments qui m'ont habitée quand j'étais autre, plus jeune, plus timorée. Je tourne les pages. Et pourtant, ce livre, je l'ai lu. D'une certaine manière même, je l'ai écrit, en partie consciemment. Il se rappelle souvent à moi.

34

Me revient un voyage en Afrique, quand je me demandais, il y a plusieurs lunes déjà, à quoi peut ressembler une vie où les jours se succèdent, semblables l'un à l'autre, avec les saisons, quand il y en a, comme seul changement. Ce matin, dans ce village en Zambie où je suis assise sur la plateforme en bois courant autour d'une hutte sur pilotis avec son toit de chaume, trois femmes vaquent à côté de moi à des tâches qu'elles doivent accomplir souvent. L'une natte les cheveux d'une petite fille aux traits bien dessinés, aux yeux ronds à l'iris très noir sur fond blanc brillant. Une autre femme moud du grain dans un mortier en pierre et une troisième plume une poule décapitée dont le sang coule en un étroit filet entre les planches rugueuses. Elles échangent parfois quelques mots. Amicales, distantes, à peine curieuses, elles jettent de temps à autre un œil sur moi, sur le calepin Rhodia que je tiens sur mes genoux. Ne sachant quoi penser de ma présence, elles n'y pensent peut-être pas du tout. Et moi, que puis-je penser de ces vies où les jours s'alignent en ce qui me paraît être d'une monotonie sans fin, dans ces vies non occidentales, hors de l'incessante marche vers l'avant qui est la nôtre dans l'illusion du toujours plus, toujours mieux, des projets que nous élaborons constamment dans ce grand courant qui nous emmène, qui charrie toutes les transformations, tous les renouveaux, tous les possibles ? Qu'un jour ne soit pas différent de la veille et se contente de glisser doucement dans un lendemain tout semblable, pourrions-nous le supporter ? Et en fait, qu'est-ce que je connais de la forme et de la couleur de jours autres que les miens ?

35

Ces endroits, ces ailleurs, me ramènent forcément à tout ce que je n'ai pas connu, aux voyages que je n'ai pas faits et aux vies qui n'auront pas été miennes. Plus que tout, j'aurais voulu être metteur en scène, réaliser des films. Mon amour du cinéma va au-delà de la passion. Il en a toujours été ainsi. Mes rêveries, quand je dépense des fortunes énormes que j'imagine posséder, tournent systématiquement autour de cela : financer un film, le mien. Des amis me disent que je répète la même chose depuis des années et je réponds en me cachant derrière une boutade, annonçant que je serai réalisatrice dans une autre vie (et peut-être architecte dans celle d'après), alors que c'est bien dans cette vie que j'aurais voulu faire des films. Un jour que j'expliquais cela à Henri, il me prend au dépourvu en me demandant quelle histoire j'aimerais raconter. Tout de go montent des images que je porte en moi sans doute depuis mon séjour en Iran autrefois. Il y avait à Téhéran une avenue Naderi dont mon père me disait qu'elle s'était toujours appelée ainsi, qu'elle n'avait pas changé de nom avec toutes les autres. Car le changement des noms de rue est ce à quoi on reconnaît une révolution. « Roi » devient « Imam » ou « Révolution » ou « Liberté », autant de mots vidés de leur sens par trop de répétitions dans des contextes trop divers. Bref, il y avait cette avenue Naderi où je n'allais pas souvent. Quand il m'arrivait d'y passer, mon regard était toujours attiré par une grande et belle vieille maison qui avait l'air abandonnée, une construction que je reconnaissais comme appartenant à l'époque des Qajars, la dynastie précédant celle des Pahlavis à laquelle la révolution avait mis fin. Dans mon film, la caméra suit les salles successives et délabrées de cette maison en un long travelling, survole la margelle craquelée d'un bassin à l'eau croupie couverte de feuilles mortes, et la scène soudain se transforme en une somptueuse réception du XIXe siècle, avec un prince tendant la main vers une coupe de fruits pour y saisir une de ces figues jaunes, fendillées par leur excès de sucre et fondant dans la bouche comme une cuillerée de confiture.

C'est tout ce que j'ai de mon film, cette première scène que je peaufine depuis des années. Qu'est-ce qui vient après ? Je n'en sais trop rien. J'échafaude une réflexion à la Proust sur le temps, un entrelacs d'images spectaculaires et évanescentes à la fois qui illustreraient notre relation compliquée et malaisée avec lui, avec son passage bien sûr mais aussi avec son manque de chronicité, son élasticité, ce basculement continu vers l'avant, vers l'arrière, entre ce passé qui réapparaît sans cesse et ce futur gonflé d'inquiétudes.

Ce serait cela, mon film.

36

J'ai toujours eu ce fantasme de parvenir à étendre mon moi à plat comme un tissu que je déplierais pour me pencher dessus et regarder chaque courbe de chaque dessin et de chaque forme, chaque nuance de chaque teinte. Un exercice à la Montaigne, en fait. Est-ce que cela me permettrait de tout savoir de moi, et tout savoir de moi me permettrait-il de tout savoir sur tout ? C'est comme cet autre fantasme, cette envie qui me prend devant quelqu'un qui possède un sujet à fond d'assimiler toutes ses connaissances d'un seul coup, moi qui ne puis que butiner. Je voudrais en savoir autant sur le cinéma que tel critique, sur l'histoire que tel historien, autant de langues que tel linguiste, autant sur les littératures de divers pays que leurs plus grands spécialistes, réciter des centaines de poèmes par cœur et immédiatement reconnaître une citation, me jouer de l'algèbre et de la trigonométrie, pouvoir nommer les constellations et les galaxies, identifier les arbres ou les insectes, et que la métaphysique, ou la psychanalyse, ou la spiritualité, m'aide à comprendre quelqu'un.

J'aurais voulu être heureuse. J'en ai connu, des gens heureux, je sais que ça existe. Pas dans mon entourage immédiat mais un ou deux cercles plus loin, des copains de classe, des moniteurs, une cousine de ma mère dont j'ignore si elle est encore en vie. De ces gens qui éclatent de rire pour un oui, pour un non, qui ont des traits sereins ou tout au moins pas crispés, qui ne s'attardent pas sur les promesses non tenues, qui se disent des contretemps et même des peines que ce n'est ni le premier ni le dernier problème qu'ils auront et que finalement ça s'arrange toujours, des gens qui savent s'amuser, profiter des petits cadeaux que la vie lance parfois comme un os à un chien pour nous permettre d'espérer, de rêver, de penser que les choses iront mieux. Quelles choses ? Tout, tout ira mieux, disent les optimistes de ma connaissance. Comment tout peut-il aller mieux ? Je pars dans des rêveries dont je ne veux pas sortir tant les alternatives à ce que j'ai fait ou pas fait me semblent merveilleuses, désirables et, je le sais trop bien quand j'atterris à nouveau, hors de question et de portée. Mais comment font-ils donc, ceux qui sont heureux, sans plus ni moins de chance et de malchance, d'échecs et de réussites, de soucis et de plaisir que moi ? Alors j'essaie. Mes voyages sont le seul antidote réel au lent poison que je distille dans ma propre vie, à cette attitude indifférente, sinon franchement négative, que je me donne alors que je souhaite voir les choses prendre meilleure tournure, selon un modèle même pas clairement défini, vivre des jours autres que ceux passés à établir la liste des ratages passés et plutôt comme des moments de créativité intense, de connexion avec les autres, de satisfaction d'être.

37

En avançant en âge, je reviens souvent vers cet Iran que je n'ai pas vraiment pu connaître, mais je m'aperçois que je l'oublie de plus en plus. S'agit-il d'un rejet inconscient ou bien le temps a-t-il depuis recouvert ce séjour de tant de strates qu'il ne reste plus de place dans un trop-plein d'autres acquis, de sensations, d'émotions, de rappels de tout ordre ? Pourtant, quelquefois se dessinent au fond de mon paysage intérieur les montagnes enrobées de neige au nord de la plaine de Téhéran ou bien un long ruban de route dans le désert central du pays.

Mon père voulait que j'apprenne tout de l'Iran et, pendant les trois ans de mon séjour dont il pensait, tout comme moi d'ailleurs, qu'il serait permanent, il s'est appliqué à me faire connaître tout ce qu'il pouvait. Il avait bien choisi son moment car j'étais, à dix-huit ans, particulièrement réceptive à ce chamboulement total de ce que ma vie avait été jusque-là. Quand je suis partie en Iran après mon bac, je m'intéressais déjà depuis plusieurs années, avec l'intensité que l'on peut avoir à cet âge, à ce qu'il faut bien appeler mes racines, mon origine, une partie de mon identité, tous ces concepts confus, mal définis – et tant discutés de nos jours – qui remuent en nous sans jamais réussir à aboutir le moins du monde à une explication de ce que nous sommes. Donc, quand je suis partie, l'Iran était depuis longtemps le pays de mes rêves, l'endroit dont je pensais qu'il ordonnerait les directions échevelées de mes projets et de mes préoccupations en une voie royale, claire et bien tracée. C'est pourquoi quand mon père, sans préférence aucune, je pense, demanda à ma mère de lui envoyer soit Coralie, soit moi-même, ma mère me désigna moi. Comme je l'ai souvent pensé sans pouvoir être certaine de ce que j'avançais, sans doute préférait-elle garder Coralie auprès d'elle. Ma petite sœur était encore presque une enfant et de compagnie bien plus agréable que moi, mais aussi, plus perspicace qu'il n'y paraissait, ma mère comprenait que je serais toujours « en quête » et que l'Iran était susceptible de m'aider à mener cette quête à bien, au moins en partie. Entrait aussi dans son choix le fait qu'elle voyait bien que, depuis l'âge de quatorze ans, je m'étais éduquée avec beaucoup d'application dans la langue, la culture et la civilisation persanes. En cette époque pré-internet, je connaissais pourtant le bleu des mosquées d'Ispahan se fondant dans ce ciel très haut dont j'ai parlé, je connaissais les armées de l'Empire perse conquérant le monde de l'Antiquité pays par pays, je m'étais initiée tant bien que mal à la poésie et avais une idée, faible certes mais une idée quand même, du mysticisme. Au début, ma mère s'était étonnée de mon engouement pour l'Iran et se disait sans doute que cela me passerait. Profondément égocentrique, elle avait aussi dû ressentir mon intérêt pour le pays de mon père comme une attaque indirecte contre elle-même et peut-être n'avait-elle pas tort.

Je pense être arrivée en Iran avec un bagage déjà solide. Je m'y retrouvai confrontée à une population qui m'intéressa tout de suite par sa vivacité et un formidable appétit de vie mais me fut plus étrangère que je ne m'y attendais, surtout à cause d'un intense matérialisme qui colorait pratiquement toutes les actions des gens, tous leurs choix, toutes leurs décisions. Je ne me sentais pas non plus en affinité avec les jeunes de mon âge, mes cousins et cousines, ni d'ailleurs avec le reste de ma parentèle plus étendue. J'avais du mal à partager leurs intérêts, à admirer ou à vouloir acquérir les dernières fripes à la mode, précisément les mêmes qu'à Paris ou à Los Angeles. Mes contemporains mettaient leur gloire à me montrer à quel point ils n'étaient pas en retard sur l'Occident alors qu'ils avaient plusieurs longueurs d'avance, sur moi en tout cas qui à Paris n'écoutais les tubes du moment que d'une oreille distraite et ne me faisais pas une obligation de visionner avant tout le monde un film d'action américain à peine sorti. Je ne pouvais pas leur expliquer que je préférais de loin les festivals de films de réalisateurs dont ils ignoraient l'existence et dont l'œuvre les aurait ennuyés au-delà du supportable. Ils comprenaient mal aussi mon manque d'intérêt pour le maquillage, mes cheveux tout simplement propres et à peine coiffés, couverts du foulard obligatoire, mes jeans par-dessus lesquels je portais, police des mœurs islamiques oblige, une tunique arrivant à mi-cuisse. Cela me fâchait fort d'ailleurs que personne ne mette tunique ou foulard en question, ne se demande pourquoi c'était aux femmes qu'il incombait de ne pas émoustiller les hommes alors que l'on trouvait tout naturel, presque émouvant, que ceux-ci soient sexuellement excités par la vue d'une mèche de cheveux ou d'un visage découvert.

Cette même parentèle, au début tout à la joie d'accueillir une représentante authentique de la civilisation occidentale, partageant le même sang de surcroît, déchanta vite. Les uns et les autres continuèrent à me fréquenter tout en me lançant souvent des piques sur mes goûts et mes intérêts aux antipodes des leurs. Ainsi les laissait profondément indifférents le paysage iranien qui me bouleversait lors de sorties hors de la ville, dans ces grands vergers où je tendais mon visage aux pétales d'arbres fruitiers en fleur que la brise faisait voler dru dans l'air d'une douceur sans pareil.

Lors des voyages entrepris avec mon père dans le centre du pays, traversant des déserts non de sable mais de terre dans un paysage aux tons beiges et gris entrecoupé parfois par un village ou un ruisseau coulant bruyamment sur son lit pierreux, nous nous arrêtions dans un café sur le bord d'une route pas trop fréquentée. On nous apportait du riz et des brochettes que nous mangions adossés contre de grands coussins installés sur des lits en bois recouverts de kilims, avec des couverts plongés dans des verres remplis d'eau chaude par mesure d'hygiène. Nous ne parlions pas beaucoup sous les peupliers dont les feuilles argentées bruissaient doucement au soleil, en harmonie avec le murmure cristallin de l'eau sur les cailloux d'un ruisseau. Emporté par son élan, mon père récitait les vers d'un poète célèbre. Je fermais les yeux et m'endormais quelques instants.

Cet Iran-là était rare. La plupart du temps, je devais supporter le grouillement infernal des foules et des voitures dans un Téhéran pollué, engorgé, où des éclats de voix exaspérés jaillissaient à tous les coins de rue. Non, vraiment, je n'aimais rien tant que ces échappées trop brèves qui ne suffisaient pourtant pas à me faire envisager de passer le reste de ma vie dans ce pays. De plus en plus souvent, je me retrouvais à ravaler des larmes dont je n'aurais pu nommer la cause. Je maigrissais, je me languissais du boulevard Montparnasse sous une fine pluie d'automne, de l'odeur des massifs de buis du Luxembourg, de discussions pas forcément intelligentes mais souvent intenses qui me manquaient tant ici, des moments passés à feuilleter des livres et des livres et des livres à La Hune ou chez Tschann. Je me mourais d'être loin de Paris, et mon père, qui ne me prêtait qu'une oreille distraite quand je le mentionnais, me rappelant que j'étais dans « mon » pays comme si seul celui de mon père pouvait être ainsi qualifié et que celui de ma mère ne comptait pas, finit par comprendre que la greffe ne prenait pas et me laissa partir sans insister quand ma mère me réclama auprès d'elle dans le deuil qui la frappait.

En Iran, les discussions se voulaient politiques mais en fait se résumaient à une litanie sur notre sort de victimes des manigances des uns et des autres, des Anglais, des Américains, de la juiverie internationale. Ou bien la conversation glissait vers le glorieux passé du peuple iranien et son génie, ces affirmations ponctuées par de longs récitatifs de poésie que je finissais par ne plus écouter, me rendant compte que, si les gens étaient capables d'aligner des centaines de vers appris par cœur, ils n'en saisissaient pas le sens profond et que, si la finesse des images les épatait, ils ne savaient pas voir derrière les mots de Hafez, de Roumi ou de Khayyam l'intelligence, les connaissances et le cœur qui les inspiraient. Quant à l'avant-garde, elle était tout simplement insupportable, copiant atonalité en musique, abstraction en peinture, réalisme magique en littérature pour établir son appartenance à une communauté culturelle internationale, en ne voyant encore une fois que le plus superficiel des formes, des sons et des idées et en tenant pour originaux des concepts dépassés en Occident depuis une génération ou plus, anachronisme que même moi, sortie de l'adolescence depuis peu, ne pouvais m'empêcher de remarquer. Ainsi, on montait une représentation des *Chaises*, de Ionesco, pièce encore considérée comme d'avant-garde, ou bien l'auteur d'une nouvelle dans une revue littéraire faisait ridiculement tomber une pluie de coqs à crête verte au bord d'une rivière, feignant de ne pas se souvenir que, si Marquez avait fait l'équivalent, c'était presque un demi-siècle plus tôt.

DANIEL

38

Daniel s'occupe de toutes les formalités. Il est à mes côtés au columbarium du Père-Lachaise où je fais incinérer Myriam, ne supportant pas l'idée de l'alternative. Côte à côte, nous regardons monter le filet de fumée noire qui va disperser dans un ciel couvert d'automne ce qui fut ma fille, l'amour de ma vie. Daniel, que je ne connais que depuis quelques jours, que je ne reconnaîtrais probablement pas si je le croisais dans la rue, ne me touche pas, ne me prend pas la main, ne me donne aucun signe de sympathie. Il se tient près de moi et c'est tout. En cet instant, je puis accepter sa présence à mes côtés mais non un contact.

39

Un roman, un film, c'est avant tout une histoire qui se tient. On peut ne pas en suivre le fil immédiatement, on peut être emmené vers son déroulement par des méandres qui ne semblent pas au départ rattachés par une narration bien définie, mais en principe cette narration existe et finira bien par lier le tout de façon plus ou moins cohérente. Quand je referme un livre avec lequel je viens de passer un bout de chemin, ou dans la nuit qui suit une projection de film, il m'arrive de me remémorer des détails qui ne paraissent pas importants au départ mais qui se sont révélés faire partie de cette impulsion qui amène la suite puis la fin. Je suis souvent épatée par l'art qui consiste à créer ainsi une chronicité même des moins évidentes au départ ou bien de voir qu'en fin de compte rien n'est gratuit, tout est là pour une raison. Je ne saisis pas toujours le tour de passe-passe par lequel un créateur choisit le point saillant, important, le tournant qui, mine de rien, va faire basculer, changer ou à tout le moins progresser cette histoire. Tous les efforts pour trouver d'autres langages littéraires ou cinématographiques, toute la cérébralité qui revient régulièrement tenter de détruire les formes existantes et en inventer ou en imposer d'autres ne changent pas le fait qu'à la base nous voulons entendre des histoires. Des gouffres sans fond existent entre Proust et n'importe lequel des romans indigents qui nous accueillent à l'entrée des librairies sous le panneau « Coup de cœur des libraires », *La Recherche* reste une ancre qui, de port en port, nous maintient dans l'incontournable, avec ce foisonnement de personnages dont nous voulons continuer à entendre l'histoire, tant ils sont bien campés, tant ils trouvent rapidement et pour toujours leur place dans notre imaginaire. Du grand art, certes. Mais à l'autre extrême, même les plus ingrats aligneurs de mots voués à l'oubli ont parfois une trouvaille de style ou possèdent des trucs de métier, de sorte que tel piéton tournant à tel coin de rue crée en nous une tension, l'attente de la suite. Ou qu'une héroïne marque devant un portail une pause qui éclairera d'un jour nouveau des événements jusque-là disparates. L'histoire se tiendra. Par contre, ici, devant une vie, on peut se poser la question. L'enchaînement est-il logique qui d'Henri m'a conduite à partir, encore une fois (moi qui ne cherche même pas d'excuses pour le faire), puis qui m'a apporté Myriam, un être minuscule qui, telle une buée, une vapeur ô combien irisée, s'est étendu jusqu'à remplir l'espace infini autour de moi aussi bien que les espaces intérieurs plus abstraits, pour repartir d'un coup et me mener plus loin, vers Daniel ? Faut-il voir ou même chercher là une logique, une narration bien structurée ?

40

Et nous alors, dans tout cela ? Et moi ? Y a-t-il un dessein et un dessin (merci, Philippe Sollers, merci, Artaud, pour ces jeux de mots, pour ces associations si hardies autrefois et aujourd'hui toutes naturelles) ? Et moi, et moi ? Je pense à ce gamin emmené en balade avec ma petite Myriam, cueilli avec elle à la sortie de la maternelle où ma fille, assez mûre pour recevoir la permission d'y entrer avant d'avoir l'âge requis, passait parfois quelques heures et, gaie et sociable, s'était tout de suite fait une ribambelle de petits copains. Ce n'était pas grand-chose, cette sortie, mais la joie des enfants, leur curiosité, la vitalité de ces petits membres potelés et élastiques m'emplissaient d'extase. Une extase vite gâchée par cet enfant un peu plus âgé que ma fille et qui, à chaque explication, à chaque ébauche de projet, « Nous allons remonter la rue de Rennes », « Nous allons acheter une glace », « Vous allez faire un tour de manège dans ce square », criait, affolé, « Et moi ? Et moi ? Moi aussi, madame, hein ? Moi aussi ? ». Son angoisse de ne pas recevoir son écot, d'être oublié, grugé lors de la distribution de friandises ou de distractions, d'être laissé pour compte, de ne pas participer à ces perspectives enchanteresses, le rendait violet d'inquiétude et d'injustices futures pressenties. Et moi, et moi, et moi ? Ce « Et moi ? » que nous crions tous quand nos vies s'effilochent dans toutes les directions sans la moindre perspective que les choses s'arrangent. Et moi, me dis-je aussi, quand, à mon bonheur au réveil de voir le soleil, je me sens rassurée, certaine que la conséquence de ce beau temps après d'interminables jours de pluie sera la résolution de toutes les difficultés, l'établissement de relations solides dans un monde d'où la maladie et la peur seront exclues. Expériencc oblige, s'y ajoute hélas la conscience qu'il n'en sera rien. Je devrais savoir que l'aube d'une journée de soleil ou le déroulement d'une journée de pluie avec cet accablant cortège de peur et de désolation contre lequel je lutte si mal ne sont pas significatifs en soi, ne marquent pas un tournant, une étape, un début, ou une fin. C'est là simplement une vague qui nous emballe, suffoqués, avec une seule certitude, la mort au bout.

Et pourtant, malgré toutes les indications contraires, grande consommatrice de littérature, cinéphile passionnée et assidue, je continue à chercher à lire ou à voir cette histoire comme si elle en était une, pas seulement un alignement de jours dont certains fastes et d'autres moins, un alignement qui ne demeure que cela et rien de plus. J'insiste pour chercher comment ceci a mené à cela, quel a été l'événement marquant suivant, où je me suis retrouvée, quelle blessure ne cessera de saigner à l'intérieur de moi au-delà de ma mort. À part la disparition de Myriam, quelle autre blessure est-ce que je persiste à enfouir après cent voyages, mille rencontres ? Que restera-t-il de moi quand il ne restera rien ? Cette voix qui continuera à voyager aux confins de nos galaxies, s'il est vrai que le son ne meurt pas, que dira-t-elle ? Ces particules qui, une fois le processus de pourriture achevé, seront dispersées et se fondront partout, dans tout, puisque rien ne disparaît, que porteront-elles de ce que je fus ? Donc, quelle sera cette vie ? Y aura-t-il jamais un tableau dont je connaîtrai les dimensions, les couleurs, pour lequel je saurai moi-même choisir un cadre ? Par exemple, aurais-je rencontré Daniel si ma petite Myriam n'était pas morte ? En fait, était-il important de rencontrer Daniel au lieu d'un autre qui serait devenu tout aussi cher, aurait montré cette même compréhension rendant les silences les plus longs entre nous tout aussi prégnants que l'exprimé ? Un autre qui m'aurait apporté la même assurance, la même sérénité causée par la caresse de ses doigts sur mon bras, justement alors que nous sommes au cinéma, ou assis côte à côte chez des amis, échangeant un regard de connivence quand ceux-ci, emportés par le vin et l'habitude de discutailler pour ne rien dire, vitupèrent contre ce monde auquel aucun de nous ne comprend grand-chose d'ailleurs ? Était-il nécessaire que Myriam meure pour que j'aie ces moments-là ? C'est sûr, Daniel me donne beaucoup, tout ce qu'Henri n'a pas su me donner, mais il faudrait aussi apprendre à ne pas comparer, c'est trop facile. Pourtant, pourtant, pour que l'un des plateaux de la balance monte, il faut bien que l'autre descende, non ? Avec Daniel, je mesure très vite combien j'avais appris à marcher sur des œufs avec Henri. En me défaisant de ma crainte de déplaire et en me détendant à l'intérieur de cette relation, je me rends compte qu'il faut bien comparer. Comment mesurer quoi que ce soit sinon à l'aune du déjà-connu ? J'entame ma quatrième décennie en n'ayant eu que pendant trois ans une seule certitude, celle de la perfection de Myriam et de mon amour pour elle. Avec sa mort, je me suis dit qu'il n'y aurait jamais rien d'autre, et puis voilà, j'ai Daniel.

Les premiers temps en tout cas, une fois le terrible chagrin de la perte de ma petite fille un peu calmé, c'est comme si Daniel rendait la vie plus simple, comme s'il me donnait des réponses que je n'attendais plus. Je me surprends parfois à ne même plus me poser de questions, moi dont le chemin dans la vie n'est pavé que de questionnements et qui ne cesse de me jeter dans ces batailles que l'on finit toujours par perdre, ne serait-ce que dans le temps. Passive ? Je ne sais pas. Soumise non plus. Disons que, comme je n'ai jamais été bonne nageuse, me laisser flotter dans un courant qui va m'entraîner dans tous les cas me paraît plus raisonnable.

Je m'aperçois que j'utilise souvent des métaphores aquatiques. Aurais-je peur de l'eau ? Quelqu'un m'a prédit un jour, dans une kermesse ou une foire quelque part, que je mourrais noyée. Une femme très brune, portant un fichu fleuri, de grandes boucles d'oreilles, du khôl autour des yeux et, je le jure, le beau nom de scène de Madame Rosita, a scruté sa boule de cristal, en fait une boule en plastique plutôt mal en point posée sur un socle couleur plomb, et m'a calmement prédit qu'à plus ou moins long terme je nourrirais les poissons. Il se peut aussi que j'aie rêvé toute la scène.

Mourir pour mourir, j'aime bien cette idée de l'eau. Partir comme cela, en une brasse calme qui vous éloigne gentiment du rivage, assez loin pour ne pas pouvoir revenir, même si on change d'avis, et le tour est joué.

41

J'ai très peu pleuré, peut-être même pas du tout, quand j'ai perdu ma mère. Comme quand j'avais appris la mort dc Coralie avec à peine quelques sanglots. Ce n'est pas que je sois absente émotionnellement, mais un jour, sans que je le remarque, la vie a commencé pour moi à se dérouler dans un ailleurs comme inventé. Je suis devenue spectatrice de possibles non réalisés, l'auteur d'un brouillon jamais mis au propre. Mes ambitions, mon souci de réussir ma vie, de connaître un grand amour, tout s'est dilué dans un fatras de photos que je ne regarde plus, d'endroits où j'oublie d'aller, de gens qui n'ont plus d'importance. Bref, j'aligne des jours en noir et blanc.

Mais pas pendant les trois ans où j'ai eu ma petite Myriam. Là, au contraire, tout était éclatant de couleurs violentes, puissantes, dont je distinguais les nuances, le chatoiement, les transformations. Oui, j'ai eu cela. Avant comme après, le temps a coulé doucettement, m'enveloppant dans sa grisaille habituelle, tout tiède, tout calme, tout neutre, même quand je pensais qu'il se passait quelque chose dans ma vie. Mais comparé à la réalité solide de mes années avec Myriam, il ne s'est rien passé.

Daniel, quand même, le temps que cela a duré.

42

Daniel a les cheveux roux. C'est la première chose que je sais de lui. Ou plutôt que je sens, car je le vois à un moment où en fait je ne vois rien, secouée non de larmes mais d'un tremblement incontrôlable, dans l'instant suivant la mort de ma petite Myriam. Je suis à l'hôpital, assise à côté du lit où le minuscule corps soulève à peine le drap, ne bouge plus, ne respire plus. J'ai regardé les yeux de ma fille d'où la vie s'est retirée d'un coup, comme si l'on avait éteint un commutateur, et les paupières se refermant toutes seules, sagement. Je continue à fixer Myriam, sans bouger, retenant mon souffle, du moins je le crois, jusqu'à ce qu'un bruit saccadé, régulier, pénètre ma conscience. C'est celui des pieds métalliques de ma chaise contre le linoléum, causé par mon tremblement. Quelqu'un crie, un long cri strident, aigu, à pleine gorge, dont j'ai compris qu'il sortait de moi seulement quand l'air m'a manqué. Je suis tout instinct. Je ne reconnais ni l'endroit, ni moi-même, et je ne sais pas ce qui est arrivé. Des gens sont là, des bras me happent, me serrent. Quand je reviens à moi, en ce sens que je reprends conscience de ce qui m'entoure, je m'aperçois que quelqu'un me soutient pendant que j'avance dans le couloir, puis me fait asseoir sur une autre chaise, une de celles qui sont alignées le long d'un mur, et s'installe à côté de moi. Pourtant, je ne sens rien d'autre qu'un vide effrayant, si tant est que l'on puisse sentir le vide. Ce doit être cela, la mort. J'ai dû connaître la mort, l'inexistence, en même temps que Myriam. La différence, c'est que chez elle c'est définitif et chez moi provisoire. Je recommence à trembler. L'homme assis à côté de moi me prend la main, la serre à l'écraser. Il ne dit rien – je crois bien que pendant tout ce temps il ne m'adresse pas la parole. Ou bien c'est moi qui n'entends rien. Sans le regarder directement – mon regard n'aurait pu se poser sur rien dans ces premiers instants d'hébétude –, je sais que c'est un homme et que ses cheveux sont roux. C'est Daniel, un des médecins attachés au service de pédiatrie mais aussi psychanalyste, je l'apprendrai plus tard. Il ne cherche pas à me consoler. Cela n'aurait servi à rien. Cette blessure ne se cicatrisera jamais, le sang en continuera à couler en moi tant que je vivrai, Myriam habitera chacune de mes cellules, toujours.

Daniel reste à côté de moi. Puis il m'emmène, pratiquement de force, à la cafétéria, pendant que le personnel de l'hôpital s'affaire avec Myriam. Plus tard, je lui ai demandé comment il avait trouvé le temps de s'occuper de moi ainsi, de me raccompagner après cette longue journée et la longue nuit qui a suivi, je lui ai demandé comment il a pu rester avec moi. Son service, m'a-t-il dit, se terminait alors que Myriam rendait le dernier soupir. Quoique, hélas, a-t-il poursuivi, trop familier de cette situation où des parents voient s'éteindre un enfant, sans doute l'instant le plus insupportable que l'on puisse jamais connaître, il avait perçu en moi une douleur si absolue et vu sur mon visage, au moment où Myriam mourait, la vie se retirer si totalement de moi aussi, qu'il s'était trouvé secoué et m'avait attrapée comme pour me retenir de ce côté. En repensant à ce moment, je me suis souvent dit que c'était comme ce hiatus au cinéma, quand les bandes-annonces et les publicités s'arrêtent, juste avant que le film commence.

— Tu criais, m'a-t-il dit, tu hurlais. J'ai vu une infirmière se plaquer contre un mur et fermer les yeux tant ce cri était terrible...

43

Daniel passe tout ce temps avec moi, vingt-quatre heures peut-être ou plus, plusieurs jours. Je ne me pose pas de questions sur sa présence active et silencieuse, je suis toute à mon enfant morte. Je ne pense pas à elle, je ne me souviens pas d'elle ni de moments d'elle dans ma vie mais je suis entièrement avec elle et nulle part ailleurs. Daniel s'installe chez moi, dans le grand fauteuil en velours vert du living, laissant la porte de la chambre ouverte pour me voir. Je ne bouge pas, j'accepte la tasse de thé qu'il me tend, le bol de soupe, les cachets qu'il me fait prendre. Au matin, il est toujours là.

Plus tard, je lui demande s'il aurait agi ainsi pour quelqu'un d'autre, pour n'importe qui.

— Je ne peux pas te répondre, je ne sais pas.

— Mais comment est-ce arrivé ?

— Au départ, tu étais incapable de répondre quand nous te demandions qui il fallait prévenir. Nous t'avons laissée te reposer dans une chambre, tu as un peu dormi, je suis revenu te voir et tu as dit qu'il n'y avait personne à prévenir. Je t'ai demandé où tu habitais, j'ai été chercher la voiture et je t'ai raccompagnée. J'ai trouvé une place juste devant ton immeuble, je suis monté avec toi. Je suis resté, qu'est-ce que j'aurais pu faire d'autre ?

Pendant qu'il est là, je me lève pour aller dans la salle de bains. Moi qui ne vois pas grand-chose autour de moi, j'aperçois ce grand homme roux assis sur le fauteuil vert, un ordinateur sur les genoux. Il lève la tête pour me demander si j'ai besoin d'aide. Il ne reprenait son service que trois jours plus tard. Il passe ces trois jours chez moi, s'assurant que je mange et surtout que je dors. C'est tout ce qu'il souhaitait pour moi, que je dorme. J'entends parfois sa voix, lorsqu'il téléphone. Un matin, quand je me réveille, à l'aube, de nouveau pour aller aux toilettes, je le vois recroquevillé sur le sofa. Une autre fois, j'entends la douche couler. Je ne sais pas qui il est, comment ni pourquoi il se trouve là. Mais ce que j'avais dit à l'hôpital était vrai : il n'y avait personne à prévenir. Aucun proche, aucun parent, personne qui aurait tiré les rideaux, m'aurait massé les épaules, aurait pleuré avec moi, m'aurait parlé à voix basse. En me disant quoi ? Que Myriam ne souffrait plus ? Ou que sa maladie ne l'avait pas fait souffrir ? Que le temps qui passe atténuerait ma peine ? Pire, qu'elle était au paradis ? Et moi, alors, j'étais où ? Si je n'étais pas avec mon enfant, j'étais où ?

Non, décidément, je n'avais personne à prévenir. Coralie était morte depuis longtemps. Je n'aurais pas eu idée d'appeler mon père ou ma mère qui, elle, vivait encore, à l'époque. Par contre, Daniel, lui, occupe le fauteuil vert du living. Il me fait du thé, ouvre des briques de soupe de légumes.

44

Ce ne serait pas juste de dire que je me suis attachée à Daniel à cause de la couleur de ses cheveux, mais le fait est que c'est la première chose que je remarque chez lui. Il les porte assez longs et désordonnés, non par artifice mais par habitude et aussi un brin de paresse. J'ai toujours été fascinée par les roux, et c'est pour moi un cadeau sans pareil que d'en avoir un dans ma vie. Je ne sais pas d'où me vient ce goût. J'ai un vague souvenir d'histoires que quelqu'un, ma mère peut-être, m'aurait racontées sur une des branches de la famille, sur des ancêtres ou des cousins lointains au physique et aux vies remarquables, des gens brillants à la tête ornée d'une extraordinaire chevelure rousse, de véritables flammes qui sortaient de leurs cerveaux superactifs et d'une puissante intelligence. Je ne vois que cette légende familiale pour avoir créé en moi, pour toujours, un attrait et un intérêt inexplicables pour les roux, à qui ne me lie aucun souvenir, conscient en tout cas.

La vue d'un roux, d'une rousse provoque en moi une inquiétude, le sentiment d'aborder une terre peu connue. D'abord, instinctivement, je regarde la peau comme validation d'une rousseur authentique et non issue d'une bouteille de shampoing colorant. Et les vraies chevelures rousses présentent tout de même de grandes variations, depuis le poil-de-carotte, souvent terne et en tout cas pas très flatteur, jusqu'à cette teinte chaude et étincelante appelée, je crois, blond vénitien, et que portaient si joliment les dames sereines des portraits du XVIIe siècle. C'est la teinte des cheveux de Daniel. À peine ondulés, ils l'auréolent d'une couleur spectaculaire référencée sur les palettes des coiffeurs qui, dans la réalité, ne parviennent jamais à la reproduire avec exactitude. Par chance, sa peau, quoique très blanche et arborant un léger semis de taches de rousseur presque transparentes, non seulement n'a rien de livide mais éclate d'une santé impressionnante.

Ma fascination pour les roux est telle qu'il m'arrive encore aujourd'hui et alors que Daniel est sorti de ma vie depuis belle lurette de presser le pas si j'en croise dans la rue pour les suivre un moment et savourer le spectacle. Hommes, femmes, enfants : sexe et âge m'intéressent peu. Ce qui me captive, c'est cette couleur de cheveux et dans quelle mesure elle s'assortit bien au reste. J'ai tout un système de gradation pour noter l'ensemble. Je n'aime pas les roux à la peau si blanche qu'elle en devient teintée de bleu, les veines courant sous une surface trop transparente – à se demander d'ailleurs pourquoi les veines sont bleues alors que le sang qui coule dedans est rouge. Je ne trouve pas seyants, je l'ai dit, les cheveux poil-de-carotte, ternes ou secs et rêches comme une vilaine crinière de cheval. Mais tous ces à-peu-près écartés, il reste tout de même suffisamment de roux pour m'enchanter. Je les observe du coin de l'œil quand je les suis dans une rue en feignant de m'arrêter devant une vitrine, je les étudie, j'ai des théories sur eux, sur cette confrérie qu'ils semblent former, sur les liens cachés qui les unissent, sur le mode de communication secret entre eux que les non-roux ne peuvent bien sûr pas percevoir. Ainsi, ils portent des couleurs qui n'en sont pas vraiment, des demi-teintes froides et généralement délavées, comme trop souvent passées à la machine, des mauves, des marrons, des gris-vert. Le noir aussi, qui produit un effet spectaculaire quand la chevelure est belle. Le samedi matin, cela m'amusait de voir Daniel enfiler un tee-shirt corail délavé, par exemple. J'ai souvent remarqué ce phénomène de la garde-robe des roux en me demandant s'il était le résultat d'un accord tacite ou de cette communication secrète. Daniel, tant qu'il était dans ma vie, me donnait enfin la possibilité d'étudier la question de près. Mais l'interroger ne m'éclairait pas sur les pulsions ou le langage secret des roux, pas plus que je n'obtenais de réponses sur ses choix vestimentaires. Ce tee-shirt en particulier, il ne se souvenait pas où et pourquoi il l'avait acheté, et ma curiosité l'étonnait. Ma théorie d'une conspiration des roux le faisait partir dans de grands éclats de rire. J'avais beau lui dire que je n'étais pas convaincue par ses dénégations, que j'étais peut-être sur la piste de quelque chose et qu'il essayait de noyer le poisson, il riait de plus belle, me laissant penaude et ma question toujours sans réponse.

45

Rien de plus agréable, de plus émouvant, que la découverte de l'autre dans les premières semaines, les premiers mois suivant une rencontre. Tout est intéressant, tout est digne d'intérêt, beaucoup est sujet à réflexion. La peau dont on apprend à reconnaître l'odeur, le raisonnement dont on commence à deviner le cheminement, les opinions qui nous déroutent parfois, si différentes des nôtres, et assimilées peu à peu. Les deux pierres que les marées roulent l'une contre l'autre commencent à se polir, à se lisser...

Ainsi, je vois vite combien Daniel est attentif aux multiples choix que la vie nous offre. Moi qui, tout au contraire, saisis au supermarché dans une pile d'articles celui qui est à portée de main sans regarder plus loin, je m'amuse à observer l'importance que toute décision prend pour lui. Il ne passe peut-être pas plus de temps que moi à choisir, mais il choisit. Il ne dira jamais : « Allez hop, c'est bon comme ça ! » Ainsi, devant les viennoiseries chez le boulanger, il va mettre un soin extrême à examiner les croissants avant d'indiquer très précisément ceux qu'il désire. En aucun cas il ne se contentera de ceux que la pince de la boulangère va chercher. Quand nous nous installons pour les manger, avec notre café noisette, je lui demande de me faire la liste des critères qui ont présidé à ce choix minutieux. Il peut passer un bon bout de temps à m'expliquer la chose : le croissant ne doit être ni gras ni trop gros. Il doit avoir une forme bien régulière et être doré juste à point. Trop cuit, c'est fichu. Et surtout, quand il y en a deux, comme dans le cas présent, un pour chacun de nous, ils doivent être calibrés au millimètre près pour être aussi semblables que possible afin que ni lui ni moi ne nous sentions grugés. Je ris de si bon cœur que la dame qui achève sa tarte aux pommes à côté de nous fait une grimace involontaire et que, derrière leur comptoir, les deux boulangères échangent un regard qui en dit long.

Dans la rue, je remarque :

— Au moins, tu sais ce que tu veux.

— Toujours.

Puis il se reprend :

— Ça ne m'empêche pas d'être souple.

— Ah oui, souple comment ? Tu as rejeté les croissants que la boulangère te proposait. Tu en aurais accepté d'autres ?

— Non, mais si je n'en avais pas trouvé un à mon goût, j'aurais pris un pain au chocolat ou une brioche.

— Et moi ? dis-je. Tu m'as choisie comment ?

— Je ne t'ai pas choisie.

Nous marchons un instant en silence. Myriam s'est rappelée à moi, forcément, puisque c'est sa mort qui a fait entrer Daniel dans ma vie. Ce rappel est si bref qu'il ne s'impose pas avec sa violence habituelle et n'embrume mon esprit qu'un instant.

Je reprends :

— Et si tu devais choisir ?

— Ah, les bonnes femmes, répond-il avec un soupir. Maintenant que je t'ai, si un autre choix se présentait, je dirais non, j'ai ce qu'il faut, merci. Ce serait pareil si c'était quelqu'un d'autre.

Sa remarque ne me fait pas forcément plaisir, mais j'apprécie son honnêteté.

Notre histoire n'est qu'à son début, nous ménageons donc nos susceptibilités réciproques, sachant trop bien à quel point les mots peuvent vite changer une humeur, faire basculer un moment agréable dans le désastre.

46

Daniel ne prend pas la mouche facilement, il est même l'un des individus les plus faciles qui soient. Il lui arrive quand même de réagir, particulièrement quand il me sent, moi, agacée par une de ces altercations ridicules qui scandent la vie des Parisiens. Ainsi, un jour où je reviens du marché du boulevard Edgar-Quinet sous une pluie battante, je m'arrête au kiosque à journaux pour y prendre *L'Officiel des spectacles*. C'est mon rituel du mercredi, depuis mon adolescence, je crois bien. Pendant des années, quand je tendais mes deux francs, coût inchangé depuis toujours, je m'amusais à me demander si je verrais un jour augmenter le prix du vieillot petit livret de mes délices. Cela n'est finalement arrivé qu'euro oblige, l'opuscule passant de deux francs à un euro.

Bref, ce jour-là, le marchand a installé autour de son kiosque des bâches de plastique transparent pour protéger les journaux de la pluie battante. Je me faufile à l'intérieur, parapluie dégoulinant grand ouvert, ce qui n'est pas malin, j'en conviens. Par contre, je trouve le hurlement du bonhomme me sommant de fermer mon parapluie plutôt exagéré. Pendant que j'obtempère précipitamment, je m'entends dire sur le ton le moins aimable qui soit que, si je ne suis pas contente, c'est le même prix. J'avais déjà préparé ma monnaie en même temps que des excuses, mais vu la réaction je tends l'une et garde les autres pour moi. Il continue à maugréer, se plaignant de ce que les journaux sont à présent trempés. Sa femme, perchée à côté de lui, renchérit, s'embarquant dans un discours absurde, spéculant que je ferme sans doute mon parapluie avant de rentrer chez moi et ainsi de suite. Je repars en lançant par-dessus mon épaule que je n'habite pas en plein air. Re-hurlements pour m'apprendre que le kiosque non plus n'est pas en plein air. Arrivée à la maison, j'y retrouve Daniel et, encore furieuse, lui raconte l'épisode pendant que nous rangeons les oranges, les bananes et le poisson. Je lui dis que ce qui me fâche le plus dans ces scènes ridicules, c'est à quel point elles sont dérangeantes et que je m'en veux de continuer à les ressasser pendant un bon moment, méditant des répliques plus percutantes les unes que les autres, à défaut de pouvoir carrément me livrer aux actes de vengeance d'une violence inouïe dont je me délecte à me figurer le détail.

L'après-midi, nous repassons par là, toujours sous une mauvaise pluie. Nous nous installons au Select. Daniel aperçoit un de ses collègues sur le trottoir, se rappelle quelque chose qu'il doit lui dire. Les deux hommes discutent un moment puis s'éloignent côte à côte, chacun sous son parapluie. Daniel revient seul, quelques instants plus tard, rose d'émotion, range son parapluie contre le pied de la table, s'installe sur sa chaise et me déclare d'un ton triomphant que je suis vengée.

Comme je le regarde avec des yeux ronds, il me raconte que lui et son collègue Arnaud, à qui il avait entre-temps raconté mon aventure du matin, sont entrés l'un après l'autre, parapluies ouverts, derrière les pans en plastique du même kiosque à journaux, ont demandé l'un une publication inexistante, l'autre un magazine de la semaine précédente, ont copieusement et comme par accident secoué leurs parapluies dégoulinants sur autant de piles de journaux que possible, sans s'excuser, avant de repartir sans rien acheter.

— Tu aurais vu la tête du mec, dit Daniel, enchanté. Crois-moi, il n'était pas content !

Moi, je le suis. Je proteste pour la forme, dis que c'était quand même moi qui étais dans mon tort, mais je suis ravie que le marchand de journaux ait ainsi payé pour sa mauvaise humeur. L'incident du matin m'était revenu à plusieurs reprises, m'énervant à chaque fois.

Je regarde Daniel d'un autre œil. Je n'ai jamais eu de champion dans ma vie, probablement jamais d'approbation absolue ou d'allié résolument rangé dans mon camp. Non qu'un marchand de journaux irascible puisse avoir d'autre effet sur ma vie qu'une irritation passagère, mais que quelqu'un considère comme nécessaire de porter mes couleurs et d'entrer en lice pour moi m'étourdit de plaisir et de reconnaissance étonnée.

47

Daniel est pour la liberté. D'après lui, l'individu doit être libre de ses pensées, de ses actions, de ses paroles. S'il s'agit de quelqu'un de bien, ses choix le mèneront dans la bonne direction. Sinon, il déviera puisque la première liberté est celle de dévier. Sauf exception, comme quand il constate la manifestation d'une bêtise énorme ou d'un empiétement inadmissible sur les droits d'autrui, surtout quand il s'agit d'enfants, il ne se mêle pas des affaires de son voisin et il n'autorise pas son voisin à se mêler des siennes.

Il ne se met pas facilement en colère, mais je l'ai vu hors de lui quand, à la sortie d'un film plutôt violent, une femme d'un certain âge à triple menton et portant *Dieu et mon droit* quasiment tatoué sur le front s'est dirigée vers un couple de jeunes parents accompagnés d'un petit enfant, pour leur dire que c'était une honte de l'exposer à ces images et qu'ils ne méritaient pas d'être parents. J'ai eu toutes les peines du monde à empêcher Daniel de se mêler à l'altercation avec les jeunes parents qui, bravo à eux, tout en se sentant un peu coupables, ont répondu vertement à la bonne femme, lui refusant la satisfaction de leur faire la leçon.

Que l'on puisse dire à quelqu'un comment vivre, comment penser, comment se comporter lui inspire une sainte fureur. Il déteste qu'on lui donne des leçons et n'en donne pas lui-même. Cela lui rend inacceptable tout ce qui est arbitraire, répression, censure, régime autoritaire.

Pas anarchiste ni révolté pour deux sous, il n'accepte cependant que les contraintes qu'il s'impose lui-même et aucune qui puisse venir de l'extérieur. Cela va très loin. Il ne supporte pas un col qui le serre, des chaussures qui lui font mal, un lit où les draps trop tendus et rabattus sous le matelas l'empêchent de bouger librement.

Je lui dis qu'il a de la chance d'être né en France, pays de toutes les libertés, ce à quoi il répond :

— Pays de toutes les libertés, je ne sais pas. La France, déclare-t-il, n'est certes pas le Liberia ni la Birmanie, mais comme partout, si tous les citoyens sont égaux, il y en a de plus égaux que d'autres.

48

J'aime sortir avec Daniel, j'aime lui fixer rendez-vous et le retrouver. Nous avons assez de goûts en commun pour pouvoir partager beaucoup de choses et suffisamment de préférences différentes et même divergentes pour rester engagés et ne pas tomber dans la routine du couple marchant en silence, main dans la main, affectueux, certes, mais résigné. C'est tout le contraire avec Daniel. Non seulement il m'intéresse, mais son intérêt pour moi me rend perspicace sur moi-même, m'amène à me regarder d'un nouvel œil et à des prises de conscience parfois surprenantes.

Ainsi, alors qu'aller voir une exposition est un de mes passe-temps préférés, c'est tout à fait récemment que j'ai découvert pourquoi cela me déprime d'une certaine façon. Avec Daniel, nous visitons une exposition sur des toiles de Cézanne en Provence. Je ne comprends pas comment ces toiles peuvent à la fois me ravir et m'attrister. Je me demande si ce sont les notes qui accompagnent les tableaux sur la nature pessimiste de Cézanne, sur ses mauvaises relations avec son père. Mais non, il s'agit d'autre chose sur lequel je n'arrive pas à mettre le doigt. Quelques jours plus tard, je me trouve dans un petit musée en province, errant sans grande conviction parmi un bric-à-brac dénué d'attrait comme de fil conducteur. J'ai besoin de tuer le temps qui me reste avant un rendez-vous avec un éditeur qui veut me faire revoir le texte d'un livre de dessins d'Ingres. Et puis le coup de cœur devant une toile aux dimensions imposantes, dans un lourd cadre de bois doré sculpté, un paysage exécuté sans doute vers la fin du XIXe siècle. Mon regard est attiré d'abord par la balustrade au premier plan, une balustrade en pierre, usée par le temps, recouverte par endroits d'une mousse ancienne. Derrière, des marches descendent vers une allée menant à un parc représenté par de simples taches floues laissant deviner des arbres d'espèces différentes. À gauche de la balustrade, un peu de mousseline dans les tons orange dont je ne distingue pas s'il s'agit d'un voilage de fenêtre rabattu là par un coup de vent ou du pan d'une écharpe oubliée. L'ensemble me saisit avec une intensité, une violence telles que je reste paralysée à le regarder, à le vouloir de toutes mes forces. Oui, c'est bien cela. Ce paysage maladroit mais très évocateur exécuté par un peintre inconnu, de moi en tout cas, je le veux. Je peux en imaginer la possession avec une jouissance, un plaisir dont la non-réalisation évidente me remplit de désespoir. Je l'ai dit, je reste figée mais, au-delà de l'immense frustration que je ressens à l'idée que ce tableau que j'adore ne pourra jamais m'appartenir, se révèle à moi, enfin, la raison de mon état malheureux lors de mes visites de musées, ou pendant des voyages ou seulement des promenades me menant à de belles perspectives, à des villes attrayantes, parfois dans d'autres régions et même d'autres pays. Je comprends enfin que j'opère un choix permanent, je jette mon dévolu sur tel portrait, tel objet, telle maison, tel paysage même, n'importe quelle image qui réponde à mes préoccupations esthétiques personnelles, qui capte mon regard. À cette vision de l'objet, du paysage, de la montagne Sainte-Victoire par Cézanne, du sac splendide et inabordable dans une vitrine du faubourg Saint-Honoré, de la gentilhommière devinée depuis la fenêtre de mon train derrière un rideau d'arbres, se mêle cette terrible convoitise vouée à ne mener à rien : je veux cela et ne l'aurai jamais.

49

Nous allons dîner dans un bistrot sympa rue Campagne-Première. Daniel me raconte quelque chose qu'il a entendu à l'hôpital, la vieille scie selon laquelle les médecins juifs en Amérique inoculent le virus du sida aux enfants noirs. Je lui dis que c'est une histoire que l'on fait courir depuis des années.

— Ah bon ? Je ne connaissais pas.

Je lui dis que je suis toujours épatée par les esprits qui échafaudent ce genre de théorie et n'en démordraient jamais.

— C'est logique, dit-il. Nous vivons dans un monde tellement fou, qui nous échappe à un tel point, que trouver une explication à ce que nous entendons, nous persuader que nous en connaissons les causes, que nous savons ce qui se passe nous donne le sentiment que nous pouvons exercer un certain contrôle, qu'en tout cas nous ne nous laissons pas avoir.

Je ne dois pas avoir l'air convaincue.

— Quoi ? dit-il d'un ton coupant. Tu n'es pas d'accord ?

— Bien sûr que si, mais ce n'est pas une explication très originale.

— Excuse-moi de n'être pas plus brillant !

— Ne te fâche pas. Je me suis mal exprimée.

— Non, tu as dit ce que tu pensais. Je sais que tu recherches toujours des idées de génie, mais le monde peut parfois s'expliquer par des mécanismes simplets.

Nous terminons dans la mauvaise humeur le hachis parmentier que nous avons tous les deux commandé, mais les choses se rétablissent avec la carte des desserts. Comme toujours, c'est lui qui en choisit deux, une île flottante et un nougat, et les mange l'un après l'autre, m'en donnant à goûter un peu de chaque. Il vivrait de sucreries alors que je m'en passe facilement. Il sourit quand j'appelle cet amour des douceurs son caprice de roux. À l'époque, il a encore des indulgences pour mes remarques et ne se montre que rarement agacé comme tout à l'heure.

50

Lui qui répond toujours à son portable, bondissant quand il sonne comme si l'appareil ne pouvait lui apporter que la communication la plus importante du monde, il le fait de moins en moins souvent quand nous sommes ensemble. Quand il entend la sonnerie, un vieil air de violon qu'il a déniché sur je ne sais quelle application, il lui arrive de regarder le numéro qui s'affiche avant d'éteindre l'appareil et de le remettre dans sa poche. Ou bien, il peut aussi, après avoir vérifié qui l'appelle, après un signe de la tête pour s'excuser si nous sommes au restaurant ou dans un café par exemple, s'éloigner pour répondre, s'absentant assez longtemps. Un jour où il prend une douche chez moi après l'amour, je suis tentée de regarder sur l'appareil posé à côté du lit les numéros des gens qui l'ont appelé, mais je ne peux me résoudre à l'espionner.

Une recherche statistique sur la vie des couples indiquerait, je pense, que dans leur histoire c'est souvent l'homme qui tiédit le premier, et que, dans la géographie du couple, c'est encore lui qui prend le premier ses distances. Une femme, sauf emportée par les élans de la grande jeunesse, est plus stable, c'est bien connu. Si elle se laisse entraîner parfois, je pense qu'elle a l'excuse des circonstances, par exemple de sentir son compagnon devenir indifférent ou même franchement maussade. Ou bien, dans la promiscuité du milieu du travail, parmi des collègues interchangeables lors des premières rencontres, l'un lui impose peu à peu une image aux contours plus précis. Sinon, je ne crois pas trop à la chimie initiale qu'on nous montre au cinéma lors de ces scènes ridicules où des corps haletants et incapables de se contrôler se jettent l'un sur l'autre, s'arrachant leurs vêtements et s'accouplant avec force agitation sur fond de râles et de cris de joie. De surcroît, les hommes sont supposés davantage capables de distinguer une aventure sans lendemain de relations plus sérieuses. Pour eux, expliquent-ils, surtout quand ils doivent se faire pardonner, ce n'est rien. Je ne sais pas si c'est vrai mais je crois bien que, pour une femme, c'est toujours quelque chose.

51

Daniel n'a pas emménagé chez moi ni moi chez lui. Il demeure entre nous quelque chose d'abscons, de caché. Cela me gêne car je reste assez entière dans mes relations. Je ne sais pas si c'est à cause de ces fins heureuses dont on nous rebat les oreilles depuis toujours, des contes de fées aux romans et aux films, et qui certainement nous influencent. Chez moi en tout cas, ce mythe a engendré une image du couple idéal où chacun vivrait en fonction de l'autre, non seulement en bonne intelligence mais dans une transparence totale. Rien ne serait tu, tout serait dit, dans la confiance et l'humour, de sorte qu'aucune offense ne serait jamais infligée ni perçue comme telle. Ce couple idéal aurait tout en commun, ses finances, ses projets, sa vision du monde, ses goûts littéraires et artistiques, ses heures de sommeil, ses préférences en nourriture et en amour physique. Leur vie à deux ainsi menée deviendrait-elle ennuyeuse ? Pas forcément. Bien sûr, il y a des individus qui adorent leur indépendance, d'autres que la confrontation excite, qui se dressent facilement sur leurs ergots pour assener des arguments irréfutables. Mais sauf pour ceux qui ne considèrent pas une discussion autrement que comme une bataille à gagner et une relation comme un jeu entre fort et faible, il doit quand même y avoir plus de satisfaction à partager sa vie avec quelqu'un à qui nous unit une façon d'être proche plutôt que trop différente, voire fondamentalement opposée. Une grande différence de tempéraments et de vues ne peut mener qu'à des querelles stridentes et pour moi, en tout cas, insupportables.

Au départ, avec Daniel, le partage est si grand que nous semblons fonctionner comme un seul organisme. Et puis, inéluctables, arrivent les premières fissures et bien sûr je me demande si je ne m'étais pas leurrée jusque-là. Et d'abord, un vrai couple ne doit-il pas vivre ensemble ?

52

Mais ce n'est peut-être pas plus mal que je vive seule, ne serait-ce que pour mon obsession du rangement et de la propreté. Cette obsession me pousse parfois à me faire violence pour ne pas donner ce dernier coup de torchon à l'inox de l'évier ou ce dernier coup de brosse au couvercle du pot de moutarde qui a gardé quelques traces jaunes et desséchées. C'est ainsi et je n'y peux rien. Je ne sais pas d'où me vient la nécessité de tout frotter, astiquer, essorer, m'acharner sur les taches, Lady Macbeth au petit pied. Je range toujours derrière moi, ne laissant pas de vaisselle sale traîner dans l'évier, de lit défait derrière moi, de linge non plié, avec quelque part l'idée que je peux, une fois sortie, ne pas revenir, avoir un accident, disparaître. L'idée que l'on retrouvera un chez-moi en désordre m'est insupportable. Donc tout ce ménage et ce rangement incessants sont accomplis en fonction de cette mort imminente ou cet accident qui peuvent me surprendre n'importe quand. La perspective d'être étendue couverte de pansements sur un lit d'hôpital ou d'attendre à la morgue d'être mise dans mon cercueil ne m'inquiète pas autant qu'être retrouvée avec du vernis écaillé, des cheveux sales, ou ayant laissé chez moi des étagères poussiéreuses. Imaginer que des personnes proches ou lointaines, n'importe, la concierge, des voisins, des parents dont je ne me souviens pas, pourraient me juger sale, désordonnée ou désorganisée m'émeut beaucoup.

Je brique donc tout et avant de sortir inspecte soigneusement ma tenue dans le miroir de l'entrée puis jette un dernier coup d'œil pour voir si l'ordre règne dans cet appartement de moi déjà morte.

53

Si mes relations avec les gens, proches ou non, restent compliquées et toujours sous microscope, il en va de même avec tout ce qui m'entoure, depuis mon environnement immédiat jusqu'au plus lointain. Si un objet attire mon regard dans une vitrine de vaisselle, de brocante, de luminaires, ma première pensée est de me dire qu'il me plaît, mais ça ne s'arrête pas là. Vient tout de suite la deuxième pensée, qui consiste à me demander s'il attirera et retiendra la poussière, pour moi un vice rédhibitoire. Ainsi une danseuse en bronze du XIXe siècle, toute gracieuse soit-elle avec son tutu et ses chaussons à rubans, ne me suivra pas chez moi. De même que je n'achèterai pas ces pivoines artificielles, d'une jolie mousseline amidonnée dans des tons dégradés de coucher de soleil. Elles sont jolies au point de presque me faire oublier mon préjugé contre les fleurs artificielles, mais comment les garder propres ? Et le cristal de ce lustre, un Murano ou une bonne imitation à lourdes pendeloques pourpres qui brisent la lumière en de somptueux rayons éclaboussant les murs, ne serait aussi étincelant que nettoyé une fois par mois au moins. Je passe déjà assez de temps à m'assurer que tout est propre autour de moi. Une surface poussiéreuse qui garderait imprimé un trait tracé d'un doigt soupçonneux, une tache sur le bord de l'évier suffisent à me faire lâcher ce qui m'occupe en un moment précis pour remédier instantanément à une situation qui m'est intolérable. Donc, un objet que j'aurais choisi pour sa grâce, son scintillement, ses couleurs éclatantes et qui demanderait un soin et une attention continus afin de le garder dans cet état, je ne pourrais supporter de le voir terni, n'ayant plus l'éclat premier qui m'avait attirée. Il n'y a pas de mystère. Ce que nous sommes dans un aspect de notre vie peut facilement être étendu à tout le reste. Je n'aime pas les recoins obscurs et poussiéreux et ce qui n'est pas net. Cela correspond à un besoin essentiel chez moi. Ces surfaces faciles à entretenir, donc toujours propres, je voudrais les voir dans mes relations également. Comme j'aimerais pouvoir effacer de mon moi tout ce qui peut y traîner de désagréable, d'insondable, ou tout simplement de laid, je voudrais pouvoir en faire autant avec les autres, du moins ceux qui me sont proches. Non que j'attende de connaître les ressorts les plus secrets du cœur, de la tête, de l'âme de qui que ce soit – ne souhaitant pas violer leur intimité –, mais je voudrais m'assurer qu'il ne se cache rien de pénible, rien de négatif concernant notre relation ou la communication entre nous. De même que je n'ai pas besoin de percer les secrets de fabrication du rouge intense donnant sa beauté au vase posé sur un meuble et qu'il me suffit en fait de voir que sa surface est libre de poussière, j'aimerais qu'une relation avec moi ne présente aucune faille, aspérité, ou malencontreuse trace de doigts.

54

Après la première révolte suivant la perte de Myriam, après le premier chagrin intense qui a duré peut-être deux ans, je suis entrée dans la phase suivante, où je suppose que je resterai jusqu'à la fin de ma propre vie. Une phase non de soumission et pas davantage d'oubli, mais de calme, avec la conscience parallèle et permanente de ce que serait chaque instant si Myriam l'habitait. Je regarde des gamines à la sortie de l'école. Myriam aurait-elle cette taille, cette démarche ? Plus âgée, serait-elle rebelle ou sans problème ? Je ne verrai jamais le monde autrement qu'à travers le prisme Myriam. J'ai accepté cette idée, non avec résignation mais au contraire avec allégresse ou tout au moins reconnaissance. Mon enfant est peut-être morte mais elle reste avec moi. Comme cela a été le cas dès l'instant de sa naissance et comme c'est le cas malgré sa mort, rien, jamais, n'existera sans elle à l'intérieur de moi. Mais cela ne m'empêche pas d'avoir des projets, de sortir, de m'amuser parfois, de m'ouvrir à Daniel, de savoir partager et de faire l'amour aussi. Je vis et je continue à vivre.

Seulement voilà, justement, Daniel. Ne pas cohabiter met entre nous un espace qui ne peut être franchi. L'indication la plus immédiate, la plus tangible de cet espace est ce que nous nous taisons sur beaucoup d'aspects de notre vie qui, du coup, ne sont pas en commun. Par exemple, Daniel et moi ne parlons pas de ce que nous gagnons l'un et l'autre, ne faisons pas de commentaires sur ce que nous dépensons. Le jour où je commande un nouveau sofa, il ne vient pas le choisir avec moi, il n'en discute pas le prix. Quand le sofa est livré, il dit qu'il le trouve bien, un commentaire poli comme celui que ferait un ami pas vraiment proche.

Notre vie professionnelle aussi crée une distance mentale et physique. Quand il part assister à un congrès de pédiatrie ou de psychologie, il ne m'invite pas à l'accompagner, et au retour de chacun de ces voyages je surprends dans ses yeux une expression un peu vague, je le sens physiquement éloigné de moi pendant quelques jours. Éloigné, il l'est déjà mentalement, ce qui n'est pas inattendu. Il lui faut à chaque fois un laps de temps pour revenir à ce que je veux appeler la normale. Je ne sais pas deviner si ses distractions sont dues à une surcharge de préoccupations professionnelles ou si d'autres femmes existent pour lui. Il m'arrive de surprendre un prénom, pas toujours le même, revenir lors d'une conversation téléphonique ou griffonné sur un bloc à côté du téléphone. Un jour que, fatiguée de ses évasions ou tout simplement de trop de sujets que nous n'abordons pas, je demande directement à Daniel qui est unetelle avec qui il vient d'avoir une longue conversation plus ou moins *sotto voce* dans une autre pièce, je le vois faire un geste agacé. Ses lèvres se serrent, oh, à peine, un quart de seconde. Il ne répond pas tout de suite puis dit d'une voix neutre qu'il s'agit d'une collègue allemande ou d'une assistante de l'hôpital. Je ne me souviens pas du jour où, au lieu de partager avec simplicité et en toute innocence les choses de notre vie, nous basculons, surtout lui, dans une attitude nouvelle. Je sens, peut-être à tort, qu'il considère chaque question comme un interrogatoire. Je n'aime pas tomber dans le travers de la jalousie mais je me dis aussi que j'ai toutes les excuses. Après Henri, j'avais décidé de ne plus jamais me retrouver à fixer une pendule ou vérifier mon téléphone cinquante fois pour m'assurer que je n'ai pas manqué un appel, et voilà que ces situations commencent à se répéter.

La solitude à deux, ce n'est pas la même chose que la vraie solitude. La vraie solitude, la solitude honnête qui annonce ses couleurs, je ne la connais que trop bien. J'ai vécu beaucoup plus souvent seule qu'en couple, et chaque fois que cela m'arrive je me retire de plus en plus loin sur un plan où les bruits du monde me parviennent étouffés, où ma perception est transformée et ma vision, de tendue vers l'extérieur, se retourne peu à peu vers moi-même uniquement. Les voyages exacerbent cette impression que j'ai de ne pas vraiment occuper un espace réel. Mais quand je partage la vie de quelqu'un, même si peu, je me sens encore comme faisant partie de la société humaine, si cela veut encore dire quelque chose, et m'y retrouver seule malgré tout m'est difficile.

55

Je passe dans son quartier et une envie de le voir me prend, accompagnée d'une envie de lui tout court. Quand l'ascenseur me dépose à son étage, j'hésite. Dans l'élan du début de notre relation, Daniel m'a donné une clé mais je me suis toujours fait scrupule de l'utiliser. Je vais chez lui soit quand nous rentrons ensemble, soit quand il est là et m'ouvre. Même s'il m'est arrivé de passer de longs moments, parfois des semaines, dans son appartement, je ne l'aime pas et ne m'y suis jamais sentie chez moi ni même, curieusement, bienvenue.

Là, sur le point de sonner, j'entends une voix de femme, puis celle de Daniel qui lui répond. Je ne distingue pas les paroles assourdies derrière la porte mais le ton me semble, peut-être à tort, complice et même langoureux, et je reprends l'ascenseur, qui est toujours là.

Moi qui ne veux que lumière, je me retrouve dans une atmosphère lourde où tournoie trop de trouble, comme une pièce d'eau claire que l'on rend boueuse à force d'en tourmenter le fond avec une baguette. Après avoir entendu cette voix de femme derrière la porte de l'appartement de Daniel, je reste des heures sans rentrer chez moi. J'ai une course à faire dans le dix-septième. Je passe dans une rue près de l'Étoile dont je ne sais pourquoi le nom me semble familier et associé à une image de mes parents. Puis me revient une histoire qu'ils m'avaient racontée du temps où ils venaient de se rencontrer et n'étaient pas encore mariés. Un vieux monsieur fort sympathique tenait dans cette rue même, celle où je passe à présent, un restaurant de cuisine persane, le premier et pendant longtemps le seul à Paris. Ils y étaient allés deux ou trois fois avant de trouver porte close et d'apprendre que le vieil Iranien était mort.

L'air de mon appartement, quand je rentre chez moi, a cette épaisseur, cette densité différente, qui dénote une présence. Donc Daniel, qui lui utilise toujours la clé que je lui ai donnée, est là. Je ne lui parle pas de mon passage devant sa porte et pas davantage de ma virée dans le dix-septième.

56

Combien de couples résisteraient à l'usure et subsisteraient si les deux individus le formant ne craignaient l'ennui de vivre seuls et plus tard la peur de vieillir seuls ? L'idéal serait peut-être de pouvoir choisir au gré des jours et des humeurs, d'avoir un compagnon, une compagne attitré(e) à retrouver quand le besoin ou les circonstances le demandent. C'est vrai, on oscille dans cette contradiction fondamentale entre le moi et le nous. Le moi a besoin de son indépendance, de se sentir une entité complète avec des frontières bien délimitées. Mais ce moi est écrasé par le nous qui lui enlève sa spécificité pour le remplacer par un mélange, l'amalgame de deux composantes toujours inégales. Un ensemble multicellulaire qui à chacune de ces composantes impose des goûts, des opinions, des souvenirs, des rancœurs aussi, une idée vague et nostalgique d'autres possibles qui ne peuvent être ni expliqués ni vraiment partagés en ce nous peu satisfaisant, frustrant sauf au tout début d'une aventure, d'une relation, d'une vie de couple.

Tout cela n'est pas bien formulé dans ma tête mais, tout de même, l'œuf ou la poule ? Daniel a-t-il commencé à avoir des aventures, si toutefois il en a, parce qu'il se détache de moi ou bien, son sentiment pour moi diminuant, n'a-t-il plus vu d'entraves à d'autres possibilités ? À partir du moment où j'acquiers la certitude que de toute façon il n'est plus le Daniel que j'aimais, je me détache moi aussi étonnamment vite. La fin piteuse de ma relation avec Henri m'a peut-être donné un modèle à suivre. Je refuse de passer des nuits blanches, de me torturer, de me poser des questions. On tombe en amour, puis on tombe en habitude, puis on tombe hors de tout.

Je commence un sérieux travail de sape destiné à abattre les fondations de la présence de Daniel dans ma vie le jour où je me rends compte que tout ce qui l'amusait chez moi l'irrite à présent. Ainsi il me reprend quand je dis le marchand de couleurs pour droguerie alors qu'autrefois il trouvait charmantes les touches désuètes de cet ordre qui me sont restées d'Henri. Car ce dernier, très précieux avec son nœud pap' et ses traditions vieille France, disait justement marchand de couleurs ou employait d'autres termes peu usités, traitant par exemple les ribambelles de jeunes qu'il trouvait agaçants à la sortie des classes de garnements, de sacripants, de chenapans, ou appelait le syndic de son immeuble un gredin.

Un beau jour, Daniel cesse de me regarder, en ce sens que ses yeux ne se posent plus sur moi que tout à fait en passant. Je m'étonne d'entrer dans une pièce où il se trouve, assis devant son ordinateur ou en train de regarder la télé ou tenant un livre, et de constater qu'il ne se donne pas la peine de lever les yeux. Ce simple geste, on le fait pourtant automatiquement, il me semble, quand quelqu'un se déplace à côté de vous, même si l'on sait parfaitement de qui il s'agit. Ses baisers, bonjour-au revoir, sont à peine un effleurement de mes lèvres par les siennes. L'amour devient rare, il est temps de partir, il est temps de changer l'indécision de ces points de suspension en un point final.

57

Cette acuité avec laquelle j'observe les objets, les gens et même le monde autour de moi est nouvelle, datant de quelques années peut-être. C'est comme si mes yeux s'étaient dessillés et absorbaient toute perception avec intensité et presque violence. Je vois les chiens et les chats que je croise, les enfants, les couleurs, le ciel, les visages comme une aveugle qui aurait retrouvé la vue. Je ressens les émotions beaucoup plus fortement ou différemment. Avec l'âge me vient une conscience autre de ce que nous réussissons à faire de notre vie, de nos talents, de nos connaissances, de nos dons aussi. Il suffit de voir à quel point les disciplines sportives et l'équipement permettant de les pratiquer ont changé, de sorte que le ski d'aujourd'hui n'a plus rien à voir avec ce que l'on appelait ski à l'époque de Killy ou des sœurs Goitschel, dont ma mère, grande fan de performances, me parlait autrefois. Ou bien je me dis, mais là je suis peut-être injuste, que McEnroe ou Lendl, également des vedettes que ma mère admirait, auraient peut-être aujourd'hui du mal à défendre un match non seulement contre Nadal ou Federer mais même contre de simples tennismen classés. Les grands champions d'autrefois auraient autant de force dans les bras, sans doute, mais n'auraient pas bénéficié de l'entraînement tout ce qu'il y a de plus scientifique que suivent les sportifs actuels, ni des connaissances nutritionnelles qui permettent de savoir au quart de poil l'effet d'un gramme de protéines en plus ou de la combinaison de telle boisson avec telle poudre. Ils n'auraient pas davantage connu l'évolution des cordages de raquette, avec ses conséquences incroyables sur les rebonds, les lifts, que sais-je encore, ils ne seraient pas au niveau. Tous les sports sont à l'avenant. Ce n'est pas pour rien qu'on en qualifie certains d'extrêmes, quand on voit les performances incroyables qu'ils suscitent. Le reste suit. Les moyens dont disposent les différents spectacles, les salles où l'on va chercher l'amusement, les éclairages des lieux divers, les présentations d'un buffet ou d'une revue de music-hall sont devenus étonnants. Ou bien est-ce vraiment ma perception qui s'est aiguisée, tendue comme si j'étais en permanence dopée à l'acide ? Tout me sidère, me fait m'immobiliser, non seulement physiquement mais mentalement, médusée, pour contempler ce qu'hier encore j'acceptais comme allant de soi – la virtuose du piano accompagnée d'un orchestre symphonique menant à bien ce concerto si difficile, le ou les acteurs jouant une pièce sans oublier un mot, les amateurs de poésie récitant des pages entières qu'ils restituent encore intactes trente ans plus tard, comment font-ils ? Autrefois, on avait de l'aide – une tourneuse de pages pour la pianiste, des souffleurs pour les acteurs, tous ces métiers à présent disparus de la vie de professionnels à outrance, presque des animaux savants dans leur perfection. J'étends cette admiration à tout ce qui m'entoure, à toute entreprise, à tous les métiers, n'en revenant pas de voir dès sept heures du matin une boulangerie aligner une incroyable variété de pains, de viennoiseries et de gâteaux. À quelle heure le boulanger a-t-il donc commencé à travailler et comment peut-il confectionner une telle quantité de produits si différents ? Car tout cela nécessite non seulement une longue préparation des ingrédients, des fours à températures variées, des temps de cuisson spécifiques, mais aussi un art accompli pour ces créations pâtissières d'aujourd'hui où il ne s'agit plus comme autrefois simplement de religieuses, d'éclairs et de babas au rhum, mais d'une gamme exquise où tout est si joliment réalisé, si bien éxécuté par les nouveaux chefs pâtissiers et répondant à notre époque qui réclame l'excellence dans tous les domaines. C'est vrai, de tous les métiers, c'est encore celui du pain qui me fascine le plus, et de tous les magasins d'alimentation, ce sont particulièrement les boulangeries qui ne cessent de m'étonner. Serait-ce là une vocation manquée, la visitation d'un ange dans un rêve oublié ? Je regarde avec une admiration sans bornes ces piles de viennoiseries moelleuses, les cercles parfaits de ces macarons qui ne sont plus tout bêtement les pralinés, vanillés et chocolat d'autrefois mais les mangue-fruit de la passion, les gingembre-ananas, et autres combinaisons insolites. En plus, chez le pâtissier comme chez le traiteur, tout doit être parfait ou n'être pas. Les consommateurs, coutumiers de blogs, de critiques sur divers sites et de comptes rendus de réceptions chez les plus glamour des people, attendent d'être conquis par cinq étoiles – pas une de moins ou on va voir ailleurs.

Tout cela pour dire que la vie me paraît devenir de plus en plus l'affaire de gens sérieux qui savent ce qu'ils font, de gens qui se lancent dans toute entreprise avec un professionnalisme, une formation et un *know how*, dit-on aujourd'hui, qui leur permet de mener leur tâche à bien. Les approximations, les bêtises, les hésitations restent le domaine d'amateurs, de gens comme moi qui n'ont pas su développer leurs dons si tant est qu'ils en aient eu au départ, qui n'ont pas la volonté nécessaire, dont le perçu reste flou, qui mènent leur vie à la va-comme-je-te-pousse, qui font partie d'un couple qu'ils ne savent pas empêcher de se défaire. Et surtout, qui ont perdu une enfant qu'ils préfèrent à jamais garder présente dans leur vie plutôt que d'être raisonnables, de chercher un psy qui leur ferait établir une liste de leurs émotions négatives et donc toxiques pour mieux s'en débarrasser, ou se joindre à un groupe où des parents semblablement éplorés échangeraient leurs recettes pour tourner la page. Bref, les gens comme moi, qui ne sauraient jamais créer le macaron parfait.

58

Un matin, dans la salle d'attente de mon dentiste, je feuillette une de ces revues féminines que je n'ai pas souvent l'occasion de voir, aux pages cornées, maltraitées, et pour certaines carrément arrachées. Dans un article ayant survécu, une femme décrit comment elle a boosté son couple, qui avait perdu tout enthousiasme non seulement pour la vie sexuelle, que l'article appelle poliment la relation intime, mais pour la vie commune tout court. Une amie puis une autre lui ayant suggéré de suivre leur exemple, de se démontrer qu'elle était toujours désirable en passant dans les bras d'un autre homme, elle jusque-là fidèle franchit le pas quand une occasion se présente. La coucherie sans lendemain lui démontrant qu'elle est encore séduisante, attirante et toujours femme sauve en effet son couple, car elle reprend une attitude conquérante, instaure une relation moins passive avec son mari, apprend à varier les plaisirs comme les conversations. J'en suis là de l'histoire, la trouvant plutôt ridicule, quand vient mon tour. Mais au cours du détartrage qui suit et à mon retour chez moi, je me reprends à penser à cette suggestion, à m'imaginer dans les bras d'un autre alors que je suis si exclusivement attachée à Daniel depuis que nous nous connaissons qu'il me demande parfois si j'ai souffert d'un manque d'amour pour chercher une relation si fusionnelle. Ce qui me fait, moi aussi, me poser la question. Ai-je souffert d'un manque d'amour ?

Je déteste l'idée qu'il me trompe et n'ai jamais songé à le tromper ni été le moins du monde attirée par un homme autre que lui depuis que je le connais, mais là, pendant plusieurs jours, je me demande ce qu'aller brièvement voir ailleurs aurait comme résultat, pour moi-même comme pour notre vie ensemble.

Le samedi, nous faisons des courses dans la grande banlieue. Daniel m'attend dans la voiture, lisant son journal pendant que je vais rendre une étagère dont les dimensions ne conviennent pas. Quand je reviens vers la voiture, une Toyota noire, je monte sans faire particulièrement attention et lui dis que le magasin a crédité ma carte de crédit plutôt que de me rembourser en espèces. Une voix que je ne connais pas me répond, avec un fort accent italien :

— Excusez-moi, madame, je crois que vous vous êtes trompée de voiture.

Je sursaute et regarde le conducteur, un homme aux traits fins et aux yeux acérés, à la chevelure poivre et sel. Je me répands en excuses, lui demande à quel niveau nous sommes car, si je suis bien sûre de l'emplacement et de la marque de la voiture, je comprends que je me suis trompée d'étage. M'excusant, je vais ouvrir la portière quand il dit :

— Rien ne vous empêche de rester si vous vous trouvez bien ici.

Je ris de sa boutade mais vois dans son regard amusé et séduit qu'il est à moitié sérieux. Un sourire particulièrement charmant creuse des pattes d'oie autour de ses yeux, des petites parenthèses entourent ses lèvres qu'il a charnues et d'une couleur que pourraient lui envier des hommes beaucoup plus jeunes. Je suis paralysée et ne complète pas mon geste d'ouvrir la portière. Jamais très flirt, je lui dis que mon ami m'attend, à quoi il répond, toujours mi-facétieux, que nous pouvons nous retrouver plus tard. Son ton est blagueur mais il plaisante à peine. Il me demande mon numéro de portable, et n'en croyant pas mes propres oreilles je lui dis de me donner plutôt le sien. Il sort une carte de sa poche de poitrine et me la tend. Je me surprends à l'étudier, à apprécier son physique et même sa tenue, sobre et plutôt à la mode. De beaux tissus, une élégance simple. Je ne me comprends pas.

Quand je prends sa carte, il me demande comment je m'appelle.

— Irène, dis-je.

Je ne sais pas d'où ce prénom me vient, peut-être d'un personnage de *La Dynastie des Forsyte*, que ma mère dévorait dans sa jeunesse et dont elle me racontait des épisodes avec enthousiasme, sans toutefois réussir à me faire lire la série. Toute rêveuse et les joues chaudes, je reprends l'escalator pour descendre d'un étage et retrouver un Daniel mécontent, qui me dit que j'ai été bien longue et se demandait où j'étais passée. Le voyage de retour a lieu plus ou moins en silence, et les rares paroles échangées le sont sur un ton plutôt sec. Je jette un coup d'œil sur mon sac posé à mes pieds, qui contient la carte de mon inconnu.

Sitôt que Daniel me dépose chez moi et s'en va sans même descendre de voiture, je ressors la carte. J'y vois le prénom Michele et un nom à tirette italien. Encore irritée par l'indifférence que Daniel marque ces derniers temps à mon égard, je redescends les marches quatre à quatre sans même prendre le temps d'attendre l'ascenseur. Je ne veux pas appeler depuis mon portable habituel et l'autre est déchargé – un mobile à carte que je trimballe depuis des années et dont je change le numéro tous les x mois pour parer à je ne sais quelle éventualité. J'entre dans la cabine téléphonique devant le bureau de tabac – une des rares subsistant à Paris – et compose le numéro. Michele décroche au bout de deux sonneries, nous convenons d'un rendez-vous le soir même dans son quartier, dans le douzième arrondissement, et voilà.

Nous nous voyons quatre fois, des rencontres toujours provoquées par moi car je ne lui ai pas donné de numéro où me joindre, pas plus que mon vrai nom ni mon adresse. Je passe avec lui des moments délicieux. À chaque rencontre, nous dînons dans un petit restaurant où il a ses habitudes avant de revenir chez lui. J'apprécie sa courtoisie et la grande attention qu'il me porte, me changeant singulièrement de Daniel tel qu'il est devenu. Il me parle de son métier, je ne parle pas du mien. Un jour, sans faire attention, je mentionne que je suis de père iranien, et là, comme tout le monde au contact d'ethnies différentes ou d'exotisme, il ne peut s'empêcher de faire étalage de ses connaissances sur le pays et aussi de me poser des questions auxquelles je ne saurais répondre, éloignée que je suis depuis des lustres de l'Iran et de sa réalité. Je comprends que dans notre monde souvent étriqué on soit attiré par ce qui change de notre expérience quotidienne, mais cela m'agace tout de même que les yeux des gens se mettent à briller aussitôt qu'on mentionne un pays lointain et de préférence non occidental. Je trouve cette excitation suspecte et non dépourvue peut-être d'un brin de condescendance.

De toute façon, je n'ai pas l'intention de poursuivre cette aventure. Avant de rencontrer Michele, j'ai déjà préparé mentalement ma prochaine destination, l'endroit du monde où j'irai cette fois planter ma tente.

Cela ne m'enchante pas de partir à nouveau. J'aurais aimé une vie plus sereine, plus structurée. Si j'avais un seul rêve, c'était celui d'une vie extraordinairement stable, avec des balises et des ancres solides, des amis, des parents, des enfants, un amour pour toujours. Je saurais décrire dans le détail cette maison de campagne inondée de la lumière frisante des débuts de matinée et de fin de journée où je me vois retrouvant sous une tonnelle un groupe enjoué, bavard, où ne pèse aucune tension, avec des éclats de rire francs, des plats simplement préparés, les nuits passées dans des draps fleurant bon la lavande, le matin une odeur de café et de brioches dans une cuisine aux tomettes brillantes. Je ne manque pas d'ajouter un ou deux chiens à cette image idyllique et peut-être assez tarte.

Pourtant, ça existe, des gens qui vivent comme cela, donc le manque est en moi. Ce que j'ai fait de ma vie a été aux antipodes de ce que j'aurais voulu en faire. Je suis restée absente et invisible à cette table recouverte de faïence jaune et bleue, d'une nappe ensoleillée. Il n'y a pas eu d'enfants courant dans les prés, d'effluves de fricassée. Mais je dois dire que, si je suis consciente de la différence entre ce que j'imagine parfois et ce que je tiens entre les mains, je ne souffre pas particulièrement. C'est cela le plus triste peut-être. Je ne suis ni victime au sens de voyez-ce-que-la-vie-m'a-fait, ni soumise au sens de il-faut-bien-accepter-son-sort. Non, il en a été autrement. On ne peut pas être dans toutes les histoires.

Peut-être aussi que j'efface trop bien le sable derrière moi. La courte liaison que je vis avec Michele le démontre encore une fois. C'est toujours moi qui l'appelle et, un beau jour, je ne le fais pas. D'ailleurs, ces quatre nuits avec Michele, tout agréables qu'elles aient été, me confortant effectivement quant à mes possibilités de séduction, n'ont rien changé à ma relation avec Daniel, déjà trop effilochée pour retrouver une cohérence, et c'était quand même vers cela que tendait l'expérience.

Je me prépare à entreprendre un nouveau voyage.

59

Ainsi, je regarde le couple que j'ai formé avec Daniel se démanteler et les contours jusque-là précis de notre vie à deux s'émousser, s'étaler, comme la traînée blanche au départ bien tracée d'un avion s'estompe et se fond dans le bleu du ciel.

Quand nous nous retrouvons, à des intervalles irréguliers et allant grandissant, nous nous efforçons de paraître enjoués, contents de nous revoir, mais le cœur n'y est pas. Au téléphone, le courant passe mieux. Daniel est affectueux, semble intéressé quand je lui raconte quelque chose, et je peux presque croire revenu l'ami perdu de vue depuis un certain temps. Je risque peu de le déranger car, refusant de me sentir rejetée, je me dépêche de rejeter la première et ne l'appelle presque plus. Je ne propose jamais de le voir et n'accepte qu'une fois sur deux quand il le suggère, lui. Me désintéressant complètement de l'acte sexuel, purement mécanique de sa part et ne me procurant à moi aucun plaisir, j'évite les rencontres dont il serait l'aboutissement.

Que nous soyons plutôt contents de nous retrouver au téléphone et beaucoup moins de nous retrouver tout court correspond bien à ce que je constate autour de moi et qui commence à faire l'objet d'études fort sérieuses, cette prolifération des moyens de communication autres que le face-à-face. Ainsi la gamine qui se dépêche de dire au revoir à ses copines à la sortie de l'école pour rentrer chez elle à toute vitesse et attraper son portable ou s'installer devant son ordinateur pour tweeter avec les mêmes copines, leur envoyer un SMS ou les retrouver sur Snapchat et Instagram pour échanger des nouvelles qu'on ne pouvait se donner tout à l'heure. Bien avant les devoirs passe la nécessité absolue de mettre à jour immédiatement sur les sites sociaux les informations qu'elle souhaite ne partager qu'à distance. Daniel et moi sommes bien à la même enseigne, préférant sans encore oser le dire le contact qui n'en est pas un, appelant un numéro en espérant tomber sur la messagerie et pris de court quand l'autre répond. C'est vrai, fixer rendez-vous, sonner chez quelqu'un, débarquer comme autrefois nos parents rendant visite à l'improviste avec un sachet de caramels ou un petit bouquet, tout cela est secondaire. Ce que nous cherchons avec le vague contact amorcé est d'être rassuré sur le fait que la personne existe toujours mais qu'elle ne va pas empiéter sur notre espace ni nous imposer une présence encombrante. La constatation banale que la technologie dans son ensemble et les réseaux sociaux en particulier nous ont habitués au virtuel et que le réel nous dérange se vérifie tous les jours. Daniel, lui, se satisfait de pouvoir m'appeler, s'enquiert chaleureusement de mon bien-être, de mon état mental, de la réussite de mes projets, en évitant d'aborder un sujet plus personnel, et il ne me fixe pas toujours rendez-vous. Au début de cette longue rupture qui n'en finit pas d'en être une, nous dînons à côté de chez lui quand, le trouvant encore une fois distrait, je lui demande ce qu'il a, s'il ne veut pas qu'on parle tous les deux ou s'il ne serait pas plus simple de décider de se séparer. Mais devant sa grimace, son regard si lointain qu'il n'en aurait pas posé de différent sur les berges de l'Orénoque ou la barrière de corail d'Australie, je change de sujet. Maintenant, c'est moi qui me fais rare avant de décider de disparaître.

À propos du virtuel, je me retrouve quelquefois au tout début de ma nuit dans de courts rêves causés sans doute par les images qui nous agressent de tous côtés. Ainsi je suis projetée dans des couloirs se succédant à cette vitesse effrayante des jeux vidéo ou au volant d'une formule un, je parcours, sidérale, des circuits sur des autoroutes entrecroisées avant d'aller m'écraser contre un mur dans une explosion envoyant tous azimuts mes particules mêlées à celles du bolide. Hier soir, c'est à pied que je me déplaçais, montant sur un trottoir qui formait un petit raidillon bordé des deux côtés de protections en bois comme celles que les ouvriers installent autour du chemin qu'ils se fraient sur un site de construction. Je monte, je commence à marcher, et puis, sans que mes pieds quittent le sol, me mets à avancer à une allure folle comme sur un tapis roulant à une vitesse incontrôlable. La ruelle est à présent couverte. Je ne suis plus seule mais à côté d'autres gens qui avancent tout aussi vite que moi. Nous longeons une sorte de paquebot dont la colossale paroi aveugle recouverte de petits carrés d'acier de la taille d'une main s'élève le long de la ruelle. Une panique affreuse m'étreint, me coupe le souffle, m'arrache le cœur de la poitrine.

J'ai toujours eu horreur de l'immensité, de celle des montagnes, des icebergs, des tsunamis, des gouffres, de certains bâtiments, de certains châteaux forts. Ce bateau étincelant tel un musée de Gehry en Espagne, qui semblerait un vaisseau spatial échoué n'étaient les flancs arrondis et si hauts que je ne puis en voir le sommet, m'effraie. Puis, tout d'un coup, le trottoir commence à descendre dans la ruelle à présent à ciel ouvert et débarrassée du paquebot. Je me réveille en sursaut, encore tout habitée par ce rêve qui revient fréquemment, au paysage intérieur varié mais au contenu semblable : moi, projetée à une vitesse effroyable que je ne peux pas contrôler vers un but que j'ignore. Je ne m'y attarde guère au réveil mais me demande pourtant comment ces images qui n'évoquent rien en particulier peuvent me faire tant de mal.

60

Le mot *final* me vient souvent, non pas clairement mais comme une idée encore floue qui flotterait devant mes yeux et s'éloignerait. Ce que Daniel ignore, et qui le toucherait sans doute peu s'il en prenait conscience, c'est à quel point *final* pour moi veut vraiment dire *final*. Cet adjectif ne contient pas d'arrangement possible, de souplesse, de transition. Au contraire, il implique sans équivoque l'absence désormais du moindre texto, du moindre mail, de la moindre rencontre style comment-ça-va-moi-ça-va-on-prend-un-pot ? Non seulement la page sera tournée, mais celles qui la précèdent deviendront elles aussi vierges de toute inscription, de tout souvenir et de tout sentiment. Maintenant, il se peut qu'au détour d'un de ces voyages dans un avion se posant au milieu de nulle part, ou d'une promenade sur les bords d'un lac particulièrement tranquille, ou surprise par le bruissement d'arbres gonflés de vent, je revoie brièvement en esprit cette chevelure rousse, les grandes mains fermes qui tenaient les miennes à l'hôpital auprès du lit de mon enfant morte, que j'entende cette voix chaleureuse, quasi radiophonique. Un fugace pincement au cœur n'est pas exclu dans ce cas, causé plutôt par le regret d'un temps passé que par la nostalgie de ce que Daniel a représenté dans ma vie.

61

Même si je ne l'admets pas tout de suite, c'est quand même avec une certaine violence que je ressens la détérioration de notre relation. Aucun argument, aucun des raisonnements tenus avec moi-même ne me persuade qu'il n'y a pas lieu de me sentir humiliée, insultée, bafouée, moi qui me targuais, hier encore, de ma sérénité et d'un certain détachement. Je ne parviens pas davantage à reconnaître que je tiens à Daniel, ce qui m'aurait contrainte à m'accrocher, à insister pour réparer les accrocs et amorcer un nouveau départ à deux. Je veux en finir et tout de suite. Je pourrais avoir une ultime explication avec lui ou au moins la satisfaction de le quitter et de le lui dire, de mettre moi-même un point final à ce chapitre, être apaisée par ce mot fin qui n'est plus suivi que de blanc. Mais je ne le fais pas. Le non-fini est peut-être gênant, mais nos vies ne sont pas des livres. Je suppose – non, je sais – que l'inachevé, le mal-révisé, l'œuvre abandonnée à mi-chemin sont bien plus fréquents que le travail bien léché, ficelé, amoureusement revu une dernière fois. Je n'ai pas envie d'avoir cette conversation avec lui. Nous avions des conversations quand il était dans ma vie. Il a décidé de ne plus être dans ma vie, il n'y a donc plus rien à dire.

Est-ce une chance d'être capable de fermer une porte ainsi ? On peut laisser une porte entrouverte si l'on attend que se glisse par l'ouverture ce que nous ne voulons pas lâcher, ce que nous espérons retrouver. Si je pensais qu'il nous restait encore une chance, si même j'en avais envie, ce qui n'est plus le cas, je ferais semblant de partir en marchant assez lentement pour me laisser rattraper. Mais non. Tout comme avec Henri, je n'ai pas voulu découvrir si Daniel aurait tenté de me suivre, de me garder, redoutant quelque part qu'il ne soit en fait soulagé de me voir prendre les devants dans une rupture qu'il n'aurait pas eu le courage d'amorcer. Tout fermer derrière moi, comme je le fais à nouveau, c'est supprimer l'équivoque qui pourrait planer sur cette fin de relation. Personne ne tenterait de me rattraper, personne ne m'appellerait, personne ne me dirait : « Reviens, la vie sans toi m'est impossible. » D'ailleurs, je ne me suis jamais crue indispensable à personne et n'ai moi-même jamais trouvé personne indispensable, sauf ma petite Myriam. Et pourtant je continue à respirer, à marcher et même parfois à rire alors qu'elle n'est plus là depuis longtemps. Donc je ferai tout cela *a fortiori* après avoir effacé de ma vie un homme devenu non essentiel. Je me retrouve comme il y a quelques années, comme j'étais avant Myriam, avant Daniel, flottant sans amarres au milieu de fleurs pâles descendant un cours d'eau nonchalant, Ophélie pas morte ou suicidée mais apaisée.

Avant de raconter la fin, il faut que je revienne un peu en arrière pour dire que je n'ai jamais eu la preuve que Daniel me trompait. Ses coups de fil interrompus ne trahissaient pas forcément les évasions que je voulais y voir. Je pouvais aussi prendre pour de l'indifférence à mon égard un simple passage à vide comme tout le monde en connaît, et la voix entendue un jour derrière sa porte pouvait fort bien appartenir à une parente, à une représentante de commerce, à une voisine venue se plaindre de bruits ou d'un dégât des eaux.

De toute façon, à part la question directe à laquelle il n'était pas dit que j'aurais eu une réponse, il n'y a plus aucun moyen de vérifier. Il y a seulement deux ou trois décennies, quand il n'y avait pour communiquer que le téléphone que l'on n'appelait pas encore fixe puisqu'il l'était toujours, on avait une sorte d'assurance, en ce sens que l'on savait où l'autre était ou n'était pas. Avec le portable, comment savoir si quelqu'un qui dit être à tel endroit plutôt qu'à tel autre ne ment pas ? Une anecdote issue des attentats du 11 septembre 2001 à New York raconte l'histoire d'un type travaillant dans une des tours, qui se rend chez sa maîtresse tôt le matin pour un câlin avant d'aller au bureau, son portable coupé. Dès qu'il le rallume, il trouve son épouse affolée au bout du fil, lui demandant où il est. Et lui, ignorant l'attaque contre les tours, de répliquer avec agacement : « Et où voudrais-tu que je sois ? Au bureau, bien sûr ! »

Je dois reconnaître que je suis dans le déni. C'est moi qui ne suis plus à l'aise dans cette relation, qui cherche un prétexte pour y mettre fin sans trouver le courage de le faire directement. Je suis un peu gênée tout de même. Il n'y a pas si longtemps, Daniel remplissait ma vie et aujourd'hui je ne puis lui faire l'amitié de le regarder en face pour lui dire mes doutes. Ces années passées avec lui ne m'auront rien laissé. Qu'importe, je ne veux plus. J'ai déjà inscrit mon appartement auprès d'une agence de locations temporaires pour étrangers visitant Paris. Daniel me dit devoir assister à une conférence à Amsterdam. Cela peut être vrai comme cela peut être une excuse pour une escapade, encore une, avec une femme à laquelle l'excellent amant qu'il est, qu'il était, saura faire plaisir.

Bon, j'ai été lâche, je le reconnais. Il m'emmène dîner la veille de son départ. Nous n'avons faim ni l'un ni l'autre, Daniel a ce regard absent que je lui vois de plus en plus souvent. Le service est indifférent, le repas aussi. La conversation languit, avec des blancs qui s'appesantissent sur nous comme des draps mouillés dont nous n'arrivons pas à nous dépêtrer. Je ne lui dis rien, ne fais pas d'annonce dramatique, ne lui donne pas de pourquoi ou de comment. Mais quand je rentre chez moi, seule, je sais que je suis prête à prendre la fuite, exactement comme je l'avais fait avec Henri.

62

Bien que partie, ma petite fille continue à s'accrocher à moi, ses bras fluets autour de mon cou, ses jambes entourant ma taille comme quand je la ramenais à la maison, à moitié endormie après une sortie au Luxembourg ou au Jardin d'acclimatation. Je sens contre moi ce délicieux corps d'enfant, tiède et abandonné, confiant dans mon amour absolu. Qui sait si ma mère m'a souvent portée ainsi quand j'étais petite, qui sait combien elle aimait le faire et si je me sentais bien contre elle, avant que je grandisse, devienne adolescente puis adulte, avant que s'installent entre nous ces océans d'amertume, d'incompréhension, de ressentiment à peine camouflés qui ont pourri nos rapports ? Si Myriam avait vécu, nous serions-nous retrouvées ainsi un jour, elle et moi, remplies d'une colère rentrée frisant la haine, chacune jetant à la face de l'autre la liste de ses manquements ? Je veux croire que non, mais comment savoir ?

Autrefois, en Iran, on utilisait de petites fioles au bec évasé épousant la forme de l'œil. Elles portaient le nom de leur fonction, *achkdoun* ou larmoir. Je ne sais si les dames des cours successives versaient dans les larmoirs uniquement les torrents de larmes causées par la défection d'un époux royal libre de choisir nuit après nuit une couche plutôt qu'une autre. Entre la mort d'un enfant en bas âge, les innombrables maladies ou souffrances, la crainte les taraudant de tomber en défaveur et surtout l'accablant passage du temps creusant son tracé d'abord à peine perceptible, ensuite plus profond dans une chair résignée puis effondrée, écrasée, ne pouvant éviter la violence des miroirs offrant un reflet cruel et méconnaissable, les causes de désespoir ne manquaient pas aux dames iraniennes d'autrefois. On voit encore dans les musées ces fioles recueillant les larmes de femmes qui acceptaient le souvenir d'avoir trop pleuré autant que la certitude fatale qu'elles pleureraient encore. Quelque part, à cet instant, des femmes pleurent et tous les *achkdouns* du monde ne suffiraient pas à contenir leurs larmes. Elles regardent s'éloigner un être aimé, ferment les yeux d'une mère, se retrouvent disloquées après le passage d'une armée ennemie. Elles tiennent le corps d'un enfant mort.

Et moi, éprouvant tout cela, je reste hébétée et les yeux secs. Est-ce là ce qui me manque le plus, la capacité de pleurer, de vider mon âme de son trop-plein en déversant dans un flacon mes larmes, cette manifestation tangible d'une tristesse désormais permanente ?

63

Un matin au réveil, quelques jours avant mon départ, j'ai une envie aiguë de voir mon père. Le désir de le voir me le rend si présent et rend notre relation si actuelle que j'en reste toute déconcertée. Quel magma de rêves oubliés de la nuit ou rappel provoqué par une parole flottant dans la rue, quel livre dans ma bibliothèque qui me relie à mon père font qu'il m'est soudain important de le voir ou de l'entendre après tout ce temps où je n'ai jamais pensé à lui, je ne saurais le dire.

Je reste au lit, les yeux fermés, m'étonnant de l'inattendu de ce besoin réel. L'odeur de renfermé de son appartement aux rideaux tirés me manque, curieusement, puisque je le connais à peine. Son visage me manque aussi, ce visage gris de vieillesse déjà installée, à l'expression défaite de celui qui n'attend plus dans l'écoulement des jours que des variations infimes. Au point où il est arrivé, celui où l'aube ne promet plus de miracle, une visite de ma part lui ferait un bien grand plaisir, non à cause de ma présence à moi mais du cadeau que serait la rupture de la monotonie. J'ai soudain honte de moi en songeant à la résignation avec laquelle il a accepté pendant toutes ces années d'être le parent négligé, celui dont on ne se souvient jamais.

Puis je suis reprise par des démarches de dernière minute à accomplir avant mon départ, de compte en banque, de poste, de paiements mensuels à transférer, suspendre, annuler. Trois jours après, mon père est de nouveau là, très présent devant mes yeux avant même que je ne les ouvre. C'est aujourd'hui, décidément, que je dois lui rendre visite. Aussitôt douchée et habillée, je vais chercher la voiture au garage et me mets en route. Je fais un détour par la rue du Bac, me souvenant soudain qu'à un moment de sa vie mon père affectionnait les pâtes de fruits. J'ignore si c'est toujours le cas. Nos goûts changent et je ne sais plus rien des siens. Cela fait maintenant cinq ans que je ne l'ai pas vu. Avant cela trois ans avaient passé et avant cela quatre, et nous n'avons pas parlé de pâtes de fruits au cours de ces rencontres. Quand je pousse la porte de la confiserie, l'endroit me paraît tellement familier que je me demande si mon père ne m'y amenait pas quand j'étais petite, avant de repartir pour l'Iran. Ce magasin était-il déjà là ? Je ne pose pas la question à la vendeuse au teint pâle contrastant avec un rouge à lèvres très vif, qui n'en saurait rien de toute façon, et me contente de lui indiquer une boîte de pâtes de fruits bien carrées, aux belles teintes bistre, mauves, orange foncé, et mouchetées de grains de sucre.

En cette heure creuse de la mi-matinée, il n'y a guère de circulation et j'arrive rapidement à destination. Je n'ai nullement à chercher et me dirige naturellement vers l'immeuble de mon père parmi les quatre ou cinq exactement semblables. Je trouve une place près de sa porte d'entrée et monte au second, la boîte de pâtes de fruits à la main. Je ne prends pas l'ascenseur. Lui ne le prenait pas autrefois, disant comme en s'excusant, avec son petit rire tristounet qui me fâchait parfois quand je voulais voir en lui la victime qu'il prétendait être des circonstances et de la vie, que c'était son seul exercice. Je monte donc à pied. Je sonne, mais n'entends rien de l'autre côté. Je sonne de nouveau, me demandant s'il n'est pas en train de faire une sieste. L'heure ne s'y prête pas mais, quand on vit seul et qu'on est vieux, y a-t-il encore une heure pour dormir ? Je sonne une troisième fois.

Comme rien ne se passe, je redescends et me mets en quête du gardien, un Maghrébin affable qui, je le découvre, a sa loge dans le troisième immeuble. Quand je me présente et lui explique que mon père ne répond pas, il a le geste curieux de s'essuyer un œil comme s'il en coulait une larme. Mon cœur, qui se met à battre très fort, me dit qu'il est arrivé quelque chose, ce que je pressentais peut-être avec mon besoin soudain de voir mon père après l'avoir tellement négligé, un de ces messages essentiels qui nous parviennent parfois et que nous ne déchiffrons pas forcément. Le gardien me dit que mon père l'a appelé il y a trois jours.

— Il était si poli, ce brave M. Irani. Il avait toujours peur de déranger. Je suis monté le voir. Il ne pouvait pas marcher et respirait mal. J'ai appelé l'ambulance. Ils ne savaient pas qui prévenir. Je le lui ai demandé pourtant, avant qu'on l'emmène. Il a dit qu'il n'avait pas de famille. C'est triste, ces vieilles personnes seules comme ça. Vous dites que vous êtes sa fille ?

— Oui.

Il me regarde.

— Vous ne lui rendiez pas visite, à votre père ?

Il déroule le fil de sa pensée sans attendre de réponse.

— Ils m'ont appelé deux heures après, de l'hôpital.

Quelque chose se met à brûler dans ma poitrine. Je pressens ce qu'il va me dire et, effectivement, ses paroles suivantes m'apprennent que mon père est mort peu après être arrivé à l'hôpital. Voyant que je vais peut-être me sentir mal, le gardien me prend le bras et d'autorité m'attire dans la loge proprette. Il m'installe sur un sofa en skaï noir et je l'entends me dire à travers le bourdonnement dans mes oreilles que sa femme fait des courses mais va rentrer et s'occupera de moi. Il va me chercher un verre d'eau. Je fixe le mur en face où est accrochée une gravure pastel dans un cadre très travaillé en bois sombre. Je bois quelques gorgées d'eau puis lui demande ce que le dessin représente. Il répond que ce sont des flamants roses sur le lac de Bizerte.

— Mais alors, votre pauvre papa, vous et lui… dit-il.

Je suis soudain horriblement gênée. Je ne me souviens pas de la dernière fois où j'ai eu honte à ce point. J'entre dans des explications compliquées et confuses, comme quoi je voyage beaucoup pour mon travail et suis rarement à Paris, pour peu de temps en général.

— Vous savez comment c'est.

— Oui, dit-il.

Mais en fait personne ne sait comment c'est entre deux personnes. Des situations qui ont l'air de toutes se ressembler ne se ressemblent pas. Je lui demande où est mon père. Il dit qu'on l'a gardé à l'hôpital et qu'on l'enterre demain, que la municipalité s'en charge.

Je lui demande si je dois faire quelque chose.

— Je ne sais pas. Ma femme et moi avons été le voir et parler à l'administration de l'hôpital.

Je cherche mon portefeuille au fond de mon sac et lui tends un billet, mais il rougit et fait mine de ne pas voir. Puis il me donne le nom de l'hôpital, qui ne se trouve pas loin.

La matinée est claire, printanière même, en cette fin d'hiver. À l'hôpital, le préposé de la morgue où j'arrive après de longs préambules administratifs me dit que la mise en bière aura lieu le lendemain matin. Quand il me demande si je veux voir mon père, une appréhension me saisit et je manque tout d'abord de refuser, puis je regrette ma couardise et le suis, me disant, un peu tardivement, que nous avons des devoirs envers ceux que la vie a mis sur notre route. Je regarde le visage de mon père, ses yeux clos, ses traits amers de vieil exilé, et pense que non seulement je ne l'ai pas connu mais que je n'ai fait aucun effort en ce sens. Sa vie aurait-elle été différente s'il avait senti sa fille aînée plus attentive, plus présente ? Dans ses échanges sur le palier avec un voisin ou en passant chercher un pli chez son gardien, m'aurait-il mentionnée, comme ceux qui ne sont pas seuls au monde le font de leurs proches ? Aurait-il dit « Ma fille Garance doit téléphoner », ou bien « Je demanderai à ma fille de s'en occuper, d'ailleurs elle va passer » ? Cela aurait-il été un réconfort ou lui aurait-il semblé tout naturel ? Je ne sais pas si je peux l'embrasser. Je prends sa main, étonnée de lui trouver la peau si ridée, les taches de vieillesse si marquées. Le préposé qui attend près de la porte dit qu'il ne faut pas toucher. Il a raison. D'ailleurs, les rares fois où je l'avais vu ces dernières années, sauf quand je lui avais parlé de la mort de Myriam, je n'avais pas vraiment eu de geste affectueux à son égard, que des baisers rapidement déposés en arrivant et en partant, et cela n'aurait plus grand sens à présent.

64

Voilà, c'est fini, il n'y a plus personne. Je fais entreposer dans un garde-meubles les quelques affaires que je veux garder et enlever le reste, laissant l'appartement suffisamment meublé pour les locataires épisodiques qui n'y passeront jamais plus d'une semaine ou deux. Je choisis une destination, je prends mon billet.

Je regarde une dernière fois la liste de mes contacts avant de l'effacer. Y aurait-il quand même quelqu'un à tenir au courant de mon départ, à charger de me prévenir en cas de nécessité, avec qui tout simplement échanger quelques paroles amicales, de qui entendre des souhaits de bonne continuation, de prompt retour, de succès dans mes entreprises ?

Aucun nom ne s'impose, aucune raison de garder telle adresse ou tel numéro de téléphone ne se présente. J'ai trop voyagé, je suis trop souvent partie, mentalement comme dans la réalité, pour laisser place à des émotions, des habitudes, des échanges, une histoire commune, de celles qui tissent la vie des gens, en amitié, en amour, en tendresse, en sentiments négatifs aussi. Moi, je n'aurai rien donné et rien reçu. Myriam, bien sûr. Mais mon passage dans ce monde aura laissé encore moins de traces que le sien puisqu'elle, ma petite fille, aura rempli la vie de sa mère à la faire déborder d'amour, et que même morte elle existe entièrement. Tandis que moi, pourtant encore vivante, je ne peux pas en dire autant.

Éditions Belfond
12, avenue d'Italie
75013 Paris

Canada :
Interforum Canada, Inc.
1055, bd René-Lévesque-Est
Bureau 1100
Montréal, Québec, H2L 4S5

ISBN : 978-2-7144-8119-1
Dépôt légal : janvier 2019

Achevé d'imprimer en France
sur les presses de Jouve
1, rue du Docteur Sauvé, 53100 MAYENNE
N° d'impression : 2822590A

Composition et mise en pages
Nord Compo à Villeneuve-d'Ascq

FSC
www.fsc.org
MIXTE
Papier issu de
sources responsables
FSC® C003309